6

ƒi§λƐ§, ðânȻƐr§, мº+λƐr, §+âirȻâ§

rƐ§+1Ɛ§§nƐ§§, ⌄i§iºn, þrºȻƐðµrƐ,

Ȼ º n n Ɛ Ȼ + i º n ,

眠りの館

アンナ・カヴァン
安野玲 訳

Sleep Has His House

Anna Kavan
translation: Ray Anno

文遊社 *bunyusha*

眠りの館　目次

眠りの館

Sleep Has His House

……キムメリア國の
境《さかい》なるあやしき地に……
眠りの神館をかまへたり……
神の館の内は絶えて日の射し入る
ことなく、然《さ》れば晝夜の別正しく知る
術《すべ》もなし……館のほとりにあまねく茂るは
眠りの實結ぶ罌粟《けし》の花……静かなる川
ひとすじ……千萬の細石のうへに
流れ……深き眠りに誘ふ……
斯くの如き大いなる歡《よろこ》び
神の館に満つとや。
ジョン・ガワー

はじめに

生は鬩《せめ》ぎ合い――鬩ぎ合いの結実だ。鬩ぎ合いなしには創造への衝動は存在しえない。人間の生を昼と夜、二極間の鬩ぎ合いの結実と見なすなら、夜という陰極は、陽極である昼と同じ重要性を帯びているはずだ。夜には、昼とまったく異質の宇宙線の影響で、人事万般がともすれば運命の分かれ道に立たされる。ほとんどの人間は夜に死に、夜に生まれるのだ。

『眠りの館』は、一人の人間の成長の幾つかの段階を夜の言葉で紡ぎ出す。子供のときに、あるいは夢のなかで、誰もが口にしている夜の言葉に、翻訳は必要ない。ただし、昼と夜とを繋ぐために、各章の冒頭で多少の言葉を費やして、その日の呼応する出来事を語ることにしよう。

母のことを説明するのは簡単とはいえません。遠くきらめく星のようで、悲しい異邦人めいた優雅さは、昼の情景には馴染まないものでした。母が美しかったことやわたしを愛さなかったことは話したほうがいいでしょうか。影にも美しさは宿るでしょうか。あの母の娘を夜は愛してくれるでしょうか。

真夜中に不意に目覚めることのなんという恐ろしさか。あたりは一面の闇……すべてが融け合う混沌……闇が眼球を圧迫する……恐怖で飛び出さんばかりに見開かれた眼球を冥暗の指が押しつぶす。しばらくのあいだ、自分がどうなるかもわからない。まるで時満ちずして子宮から放《ひ》り出された胎児だ。なにも覚えていない、なにも知らない。ショックを受けたように激しく震えているのがどうしてなのか見当もつかない。期せずしてこの身を苛んでいるのは途方もなく無慈悲なショック——そう、まさしく情け容赦ない暴力的な誕生のショックだ。

自分を取りもどさないといけない、こんな黒い海に呑まれてはならない。わたしは泳ぎだす。死に物狂いで手を足をばたつかせ、あちらへこちらへ、夜のプラズマに絡み付かれた氷柱《つらら》の影を思わせる、透きとおった幻を追いかける。波間でもがくわたしの顔は、かろうじて水の上、決して形の定まらない水、わたしは一枚の絵のなかに墜落する——が、その輪郭もたちまち崩れて、冷たく……冷たく……窓ガラスを飾る霜の花が陽光を浴びて恐ろしいほど否応なしに溶けてゆく。その儚い幻のなかにわたしは飛び込む、つぎからつぎへと。霜の花はときおりくっきり結晶化する——一瞬だけ、あっけなく。やっとのことでわたしは比類ない正確さで自分の体めがけて頭から飛び込む。引いてゆく潮の上、水しぶきの届かぬ高みに投げ出されたわたしの体。俎板《まないた》の上の長い白い魚のようにわたしはそこに横たわっている。横たわっているのはベッドの上？　安置台の上？　それともほんとうに浜かどこかに打ち上げられた？

自分が横たわっているなにかの両側を手でさぐる。大丈夫、ベッドだ、まちがいない。わたしはわたし、ベッドの上で生きている、溺れてもいないし死体安置所《モルグ》で裸身を晒してもいない。魚屋の大理石の俎板に載せられた魚でもない。

ここまでは問題ない。けれど今横たわっているこれがどういうベッドなのか説明することはできない。ここはどういう部屋なのか。見まわして窓をさがす。あちら……？　こちら……？　それとも向こう……？　いや、とにかく、向こうに扉ぐらいあってもいいはずでは？　一条の光も射さず、幽《かす》かな明かりも見えず、手掛かりはない。部屋は漆黒の闇に閉ざされている。そもそもここが部屋かどうかも定かではない。ひょっとしたら船の上かもしれないとふと思う。わたしはどこかの静かな海を漂っているのかもしれない。それにしても音がない、動きがない、海か陸かを教えてくれるものはなにもない。幻の列車のようにこれまでの人生が頭のなかを通り過ぎてゆくけれど、自分がどちらの方角を向いているのかわからない。

なんと暗いのか。知らないうちに月が盗まれたにちがいない。星々が手にした槍を投げ捨てて去ってしまった。窓の外にあるのはどうやら原初の混沌ばかりらしい。全《まった》き静けさのなか、たった独り、闇がつぎつぎ咲かせるつかのまの記号《シンボル》をわたしは見つめる。そのとき危険の気配を感じる。緩やかな、くぐもった鼓動めいた音。そっと忍び寄る肉球の足音のような。夜に聞くにはなんと不吉な音なのか。

記憶にある始まりの場所は暖かで太陽の光があふれていました。そこに咲く花々を、夏の香りの木々を、忘れたことはありません。あの国ではいつも太陽が輝いていたような気がします。両親とはあまり顔を合わせた記憶がありません。面倒を見てくれるのはたいてい日本人のハウスボーイでした。やさしい人で、美しい話をたくさん聞かせてくれました。わたしを喜ばせるために、草花や不思議な魚の絵をたくさん描いてもくれました。

上へ、上へ、上へと小舟は揺れて、ゆっくり、物憂く、巨大なうねりをのぼってゆく。ふわふわ漂うアザミの綿毛を思わせて、ちっぽけな小舟はほとんど動いているとも見えない。ほとんど動いているとも見えないのに、それでも青い巨大なうねりをじりじりと上へ、上へ、のぼってゆくその先には壮麗な雲の拱廊《アーケード》が高くそびえてまばゆいばかり。完璧な青の輝きのなか、小舟は波の肩をのぼりきる。そこから今度は下へ、下へ、下へ、青の上に無数にきらめくエメラルド色の切子面《ファセット》を分けて、小舟は進みはじめる。くだりのうねりは透明に燃え上がり、炎の丘さながら、アメジスト色のアシカを閉じ込めて、その上を小舟は楽しげに無心にするするくだってゆく。

群青に彩られ、水魔を見張る浮彫りの目で飾られた小舟こそが、広大な海の夢の中心、焦点だ。舟にはオールもない、帆もない、モーターもない、船尾に陣取った東洋人が動かしているのでもない、どうやら自らの意志で動いているらしいと、夢うつつに感じ取れる。東洋人はうつむいてほほえみながらカラーインクで絵を描いている。古いピアノの白鍵色の指に握られた絵筆が、髪の毛よりも細い線を引いてゆく。するする進む小舟の動きにも正確な筆遣いは乱れない。一心不乱に、伏せた顔に第二の太陽と見紛うばかりの温かな輝きを宿して、画家は黙々と蜘蛛の巣にも似た複雑で精緻な線を紡ぎつづけ、小舟がたどる針路のことなどいっこうに気にかけない。と、不意にうねりがそそり立ち巨大な怪物と化してどうと岸に倒れ込む。けれども舟は護岸の珊瑚礁を乗り越えて、今は浅瀬に浮いている。ここではきらめく窓越しに海底《うなぞこ》が見える。珊瑚の城、不思議な形をした色とりどりの胸壁、海藻の広野に雑木林、真紅のレースを思わす海シダの庭園。謎めいた生業《なりわい》に勤しむ水中領域の住人たちが舟の下を優雅に通り過ぎてゆく。美しいもの、グロテスクなもの、糸ガラスのように繊細なもの、失敗した実験の落とし子めいた不格好なもの。凶悪そうなもの、剽軽そうなもの、温和そうなもの。あまりにも異質で、恐ろしくも気味悪くも見えるもの。いずれも想像しうるかぎりのあらゆる色、質感、形を備えている。フリル、房、翼、刺、触手、綿毛、兜、剣。風になびく旗のような付属器官。ベールに潜望鏡、甲羅に吸盤、鋏に剃刀に網。なるほどこれこそが舟の上の画家のインスピレーションの源なのだ。絵が完成する。画家はそれを掲げ持ち、自分の絵筆から生み出された複雑な夢想にほほえみかける。画家はほほえみつづける。ガラスの波のうねりが珊瑚礁に砕けたとたん、そのほほえみはあやふやに溶けてゆき、頭上で小さな虹が、嵐の犬が、ゆっくりとほどけて水しぶきにもどる。

今度あらわれた夢の前景は物憂い郷愁のマントに覆われておぼろに霞んでいる。やさしい太古の雨が降りしきる。黄昏。色彩はラベンダーからピジョンブルーとパールグレイに、左手に見える一本の枝垂れ柳がそれへ柔らかな緑を添える。柳の向こうには傾《なだ》れ落ちる滝の気配。中景の中央に位置するのは小さな丘、頂に見える霊廟は簡素な神殿のようでもある。

太古の声が遠くで低くささやき交わしている。柳。雨。滝。気づくと、丘裾をうごめく影が一つ。初めはぼんやりしていたのが、やがて狐の後ろ姿が見分けられるようになる。身を低くして、長い尾をぴんと伸ばし、用心深く忍び足で斜面をのぼってゆく。密やかに移動するその姿は、まるで這い進む蛇のよう。頂に着いたか着かないかというところで、狐は足を止めると、顔を上げ、ゆっくり左右を見まわす。顔を上げたまま、狐はしばし人目を憚るようにひっそりその場でうずくまり、やがて忽然と消え失せる。代わりにあらわれたのは、美しい長い髪の少女だ。身に纏う屍衣《しえ》を片手で押さえ、少女は霊廟のほうへ走っていって、吸い込まれるように消える。

とたんに光が変化して明るくなり、雨がやむ。抑えきれない昂揚感が、動きの気配が、あたりをざわめかせる。それにもかかわらず、新たな人影があらわれるようすはない。と、中空でゆらゆら揺蕩《たゆた》っていた前景の霧が、揺らぎ、ちぎれ、湧き立ち、渦巻き、凝《こご》り、薔薇色の光に染め上げられてゆく。光がどんどん強くなる。霧の向こうで太陽がのぼろうとしているのか。まばゆさが頂点に達した瞬間、霧が千々に砕けてきらめく欠片《かけら》になる。いっせいに宙を乱舞する無数の花びら。うっとりするほど美しい満開の桜の一群が優雅にうなずいている。

切々と響く楽の音に乗って、公達《きんだち》の一団が従者に伴われて登場する。従者がすぐさま目立たぬよう背後に退くいっぽうで、公達一行はバレエのオープニングを思わす動きで桜の木の下に座を占める。男公達も女公達もきらびやかで雅やかだ。彼らの自然でありながら格式張った立ち居ふるまい以上に典雅なものも、「袖口から裾まであらゆる素材と色を合わせて幾重にも重ねた」凝りに凝った衣裳以上に優艶なものも、想像できない。今は一座のあいだで仮面劇にも見えるものが繰り広げられている。男公達の恋の駆け引き、然るべき言葉を添えた型どおりの贈り物のやりとり、花付きの小枝に結んだ恋文、美妙な歌を収めた美麗な手箱。折に触れて誰かが謡い、琴《きん》や琵琶を弾き、あるいはそのときどきに応じた詩を詠む。どれ一つ取ってもわざとがましいところはない。こうやって繰り広げられているのは下手な芝居などではなくて、れっきとした様式的行動、洗練された麗しい公達の純粋な真心の表明にほかならないという印象を受ける。

まん丸顔の子供が幾人か、あちこち駆けまわっては皆にかまわれ、ちやほやされ、甘やかされている。人群れは絶えず移動して、集団が生まれて崩れては別の集団がまた生まれ、そうやって絶え間なく移ろう色模様はまばゆいばかり、カラービーズの箱を揺すってできる無数のきらめきの意匠を思わせる。動かない人物は二人だけ——渦巻く色彩の中心は、この二人だ。一人はおそらくプリンス・ゲンジその人だろう、長い広袖を身に纏い、袿《うちぎ》の赤花《あかはな》が花模様の薄絹の直衣《のうし》の下に透けて見える。プリンス・ゲンジが謎めいたほほえみを向けるのは、丁子染めの絹の衣に身を包んだファースト・プリンセスだ。

と、徐々に目の前の光景が暗くなってゆく。桜の向こうのどこかから照らしていた光は、この数分でいつの間にか色褪せて、今はもう薔薇色ではない。雲なす花はランプにも似た輝きを失い、ただの灰白い満開の桜にもどっている。奏楽の音量とテンポが全体に低く遅くなり、心なしか公達の活気が失せ、衣のあでやかさが褪せ、声の音楽的な響きが弱まったようにも思われる。見れば皆人《みなひと》三々五々と散ってゆく。最後の一人が見えなくなってからも奏楽はしばらく途絶えず響いているものの、その音は子供のオルゴールの調べのように儚くまばらだ。

静寂。くすんだ色の光が大鎌で薙ぎ払ったように掻き消える。桜の幹や枝が見えなくなる。ただ花だけがまだ見えている。それはさながら押しつぶされたブリザード、ざわざわと仄白く沸き返る。遠くで顧みられることなく忘れられていた従者たちが俄《にわか》に重要きわまりない使命を帯びて、中央に集まってくる。皆一様に厚手の黒服で身を鎧い、顔は仮面だか兜だかではっきり見えない。おのおの凶兆の気配を纏い、型にはまった一糸乱れぬ動きがなんともいえず禍々しい。

　中空で沸き返る塊から突如として蒸気を抜くような凄まじい音がしゅうしゅうとほとばしり、大きくなり、これが従者たちを引き寄せているらしい。ついにその仄白い磁石の下に全員が寄り集まると、そこからあふれる鈍色《にびいろ》の光の逆さ漏斗に銘々の姿が捉えられ、ようやくディテールが見えるようになる。小柄で、なにかの制服めいたものを着て、兜の下の顔は堅苦しく、生気がなく、非人間的で薄気味悪い。打ち揃ってまっすぐ前を向いたそのさまは、カメラの前でポーズをとっているようでもある。表情は強ばり、子供っぽく、人種のせいか読み取りがたい。ほどなくして暗闇が従者たちをつぎつぎ手際よくむしり取り、一人また一人と消してゆく。

　かつては桜の花だったものの残骸が灰のように漆黒の闇のなか小止みなく降りそそぐ。そのあいだにも、さっきから鳴り響いている凄まじい音はいっそう大きくなり、噴き出し爆《は》ぜて、耳をつんざくエンジンの咆哮と化す。四囲を揺るがすその轟音はやがて耐えがたいまでに高まって、静寂のなかへと破裂する。同時に、渦巻く混沌が千々に砕けて四方八方に弾け飛ぶ。無数の欠片がひらひらと舞い落ちていったかと思うと、炎を上げるジャングルの村と火を噴く椰子の上昇気流に吸い込まれて狂ったように舞い踊りながら赤く輝き流れ去るのが、一瞬だけ目に映る。空白。

まもなくわたしたちは海を渡ってもっと寒い国に行きましたが、その地で母は物憂げで悲しげでした。わたしたちが暮らした館はきらきらと磨かれたものであふれていました。訪れる人たちは館と館のなかのあらゆるものを褒めそやしましたなによりも、母を褒めそやしました。母はまるで館の女王のよう——というより、流浪の王女でした。館の輝かしさはことごとく母の悲しみで掻き消されました。きらきらしたものであふれているのに、陽気な場所ではありませんでした。そうです、少しも楽しい家庭ではなかったのです。

夢の舞台が明るくなって、空から眺める田園都市の全景が浮かび上がる。全体の配置がよく見える。一方の端は都市部の外れ――スラム街、町工場、放射状に走るトラムの線路、鉄道、バス専用道路、幹線道路が集まっている。反対側は田園部――畑、点在する工業地帯、ゴルフ場、二、三の丘と小さな森が広がっている。つづいて、もっと近くから眺める郊外の住宅地。高級住宅地だ。街路はゆったりと広く街路樹が植えられて、小ぎれいな庭付きの家々が幾何学的な列を作り、買い物客でにぎわうショッピングセンター、重厚なネオ・ジョージアン・スタイルの市庁舎、ヘリンボーン柄に煉瓦を貼ったチューダー様式もどきのクレッセント型集合住宅、オフィスビルがある。季節は夏。風の強いよく晴れた日だ。どこの家の庭にもきちんと手入れをした花壇と丁寧に刈り込んだ芝生があって、非の打ちどころがない。テニスコートのある庭が幾つか見える。プール、ロックガーデン、日時計、ウサギやキノコやノームのガーデンオーナメントのある庭も見える。小売店のバンやぴかぴかの自家用車が何台か（数はそう多くない）街路を飛ばしてゆく。バスが一台、公園の前をすべるように走り過ぎる。何本もの立派な煙突から太い煙がもくもくと立ちのぼる。ひときわ印象的なのは、目に入るものすべてをちっぽけな張子のおもちゃに変えてしまうような底抜けに青く広い空と、荒々しいほどの勢いで流れてゆく雲の群れだ。

地上から広い街路の一つをまっすぐ見通す映像がつづく。

この街路を黒いリムジン（八年前のモデルでありながら新車同然に保たれている）が走ってくる。ハンドルを握るのはホッグスキンの手袋をはめたお抱え運転手《ショーファー》だ。白い門、上桟に見える〈楡館〉の文字。門の両脇に、その名にふさわしい楡の木。門の掛け金は外れている。車が慎重にカーブして門の内へと乗り入れる。芝生がちらりと見える。長柄の鋏が芝生の際刈《きわが》りをしている。庭師だ。一瞬だけ上げた顔に好奇心は欠片も読み取れない。玄関扉からはポーチが張り出していて、両側に鉢植えの紫陽花が並んでいる。車が止まる。ショーファーが運転席から降りると、呼び鈴を鳴らし、もどって車のドアをあける。訪問にふさわしい装いの、年齢不詳の女が姿をあらわす。ドレスと帽子は高級品で、最新流行のスタイルながら、色合いはかなり抑えめだ。午後用の白いエプロンとキャップを着けたメイドが玄関扉をあけて女を迎え入れる。

その場の全員が、女もショーファーも庭師もメイドも、同じ顔をしている——まるで仮面のように無関心、淑やか、無個性、そして静かで、威圧的なところがない。仮にショーファーと雇い主が着衣を交換しても、誰も違いに気づくことはなさそうだ。

そうこうするうち、扉が開くとそこは典型的な応接間《ドローイングルーム》、しつらえは中途半端で、こまごまとした骨董品が多すぎるし、花を生けた花瓶が多すぎる。両開き窓にはチンツのカーテン、ソファと椅子に使われているのも同じ生地。唯一この部屋がほかの高級住宅地のドローイングルームと違うのは、大量の骨董品が東洋のものだからだ。

訪問客はきちんと両脚を揃えて腰かけている。客の女がこの部屋に入るのは初めてではない。手袋を脱いで皺を伸ばしながら部屋をちらりと見まわすときの、もう見飽きたといわんばかりの、気のない視線でそれとわかる。

ほどなく扉が開いて館の女主人——便宜上、Aと呼んでおこう——が姿を見せる。そろそろ四十歳に手が届きそう、とはいえまだまだ若々しい顔は、気鬱の翳りを帯びていながらも美しい。ずいぶん長いことAは部屋の向こうの扉口《とぐち》に佇んだままでいる。彼女を観察する時間はたっぷりある。容姿のディテールがはっきり見えてくる。カールした金髪の下の面長の顔は神経質そう、手は不安そう、無地の軽いドレスは訪問客のいでたちに比べると至って質素だ。ほかの者たちの凡庸で無気力な仮面顔との対比で、この女の落ち着きのない、芸術家肌の態度がいやがうえにも目に立つ。もっとも、少々大仰すぎて逆に説得力に欠けて見える。劇的効果を生むためにいつまでも扉口に佇むAのポーズには、計算された自己顕示欲の気配が嗅ぎ取れる。やっとAが静かに扉をしめて足を踏み出すと、夢によくあるように徐々に部屋が高く長くなり、同時に、目に見えないスポンジの一拭いでディテールがぼやけてゆく。窓がつぎつぎ消え去って、残ったのは背の高い窓が一つきり。硬いプリーツカーテンのあいだから射し込む光は、のっぺりとして淡々しい。訪問客が腰かけているさっきと変わらぬチンツの椅子のほかは家具とおぼしきおぼろげな影が一つ、二つあるだけの、長く、冷たく、高く、色のない部屋のなかへと、Aは歩み入る。

一歩進むごとに、Aの姿そのものにも、部屋に起きている変化に対応する修正が施される。悲劇的な雰囲気が表に引き出され、ひとしお強調される。背が伸びて身は瘦せ細り、顔は蒼白にやつれ、髪のカールが硬い犠牲の冠と化す。ドレスの色まで変わって、赤黒くなり、やがて虚ろな窓の前に佇んだその姿はまるで黒い柱のようだ。訪問客と部屋のほうに、Aは背を向けている。客の女は花柄のアームチェアに両脚を揃えて腰かけて、重ねた手袋の皺を伸ばしている。

さぞかしご自慢のお部屋なんでしょうねと、客がいう。

まったく特徴のない声に呼応して、光が薄れはじめ、刻々と暗くなってゆき、ついに部屋は闇に包まれる。明るいのは窓一つ。下のほうの中央に、あいかわらずAの黒いシルエットが終始微動だにせず立っている。

さぞかしご自慢のお部屋なんでしょうねと、客がいう。

東洋のロマンですわねと、まったく同じ声が、まったく同じ上品な、平凡な、上辺だけの口調で応じる。部屋の別の場所から別の同じ声で同じ言葉がつぎつぎと吐き出される。雰囲気が……神秘的な……楽しいおつきあい……などなど。声が一つ発せられると、光の青白い指がうねうねとそちらへ伸びてゆき、元の訪問客に生き写しのレプリカが仄かに照らし出されて、暗い部屋のあちらこちらに散らばった合唱隊の存在が露わになる。光が新たな話し手に触れるたび、その人物も意識的に両脚を揃えて腰かけていることが、上品さを演出してうつろに小首を傾《かし》げながら型どおりの午後の訪問客の気のない笑みを浮かべていることが、見て取れる。

そのあいだにも、窓の外の景色が無から急に生まれたかと思うと、極東の映像が凄まじい速さで、恐ろしいほど無秩序に、つぎからつぎへとあらわれては消えてゆく。アングルもさまざまならサイズもばらばらな脈絡のない映像が一瞬にして入れ替わり、一つ一つを完全に捉えるのは不可能だ（そもそも一部分は部屋に背を向けて佇む黒い人影に隠れている）。

たとえば――椰子と寺院のある小さな世界が、氾濫した大河の黄濁した激流にみるみる呑み込まれる。泡立ち逆巻く水のまにまにゴミと家財道具が浮き沈みする。魚を捕り、洗濯し、料理し、眠り、あらゆる類《たぐい》の秘めごとに従事しながら暮らす家族もろとも、筏船が突如として魔法の絨毯然と舞い上がる。逆立ちして疾駆する馬の絡み合う脚。弧を描いて振り下ろされ交差するポロのマレット。曖昧なほほえみを浮かべる東洋人の穏やかな顔。

特権階級の人々（大半が白人だが、豪華な衣裳を纏い宝石で飾り立てた太守《ナワーブ》がちらほら交じって絵のように美しい郷土色を添える）。勲章だらけの人々。軍服。華麗なドレスの女たち。やがて渾然一体の度合いはいっそう増して——雪崩れ落ち乱舞する花々、蚊帳、シャンパンボトル、扇風機……トレイを、ゴルフバッグを、ラケットを、コートを運ぶ手……銃、鞭……白い手、茶色い手、黄色い手……煙草や葉巻に火をつける手……銃を、グラスを、手綱を、ラケットを、バットを、マレットを、クラブを持つ手……口紅の唇、口髭の唇、厚い唇、薄い唇……東洋人の口、西洋人の口……命令を叫ぶ口、キスし、歌い、飲み、ささやく口……定期船、列車、自動車、インドの二輪馬車《タンガ》、英国の二輪馬車《トラップ》……旅行鞄、馬、騾馬、牛車、通い舟《サンパン》、人力車……子供、犬、苦力《クーリー》、女中《アーヤ》……帆走する船、行進する軍隊、嵐の襲来、開け放たれる扉、月の出、日の入り、風になぶられる木々……砂嵐、雷嵐……出会い、情事、逢引き、別れ……。

つぎの瞬間、Aの体が裸の枝を左右に生やしたどっしりと硬い黒い木の幹と化して、唐突に幾輪もの巨大な白いトランペット型の花を咲かせる。

映像の変転に一瞬の間があって、夢のアングルがわずかに変わる。世間話の合唱がわず

かながらテーマを変えて、さらにつづく
ここでの暮らしはずいぶん違うと思っておいででしょうね
それはもうかなり違うはずですわ
あちこちご旅行なさっていると少し退屈かもしれませんわね
とはいえここにも娯楽はございますのよ
ささやかですがいつもなにやかやございますのよ
ブリッジの会ですとか
健康教室のタップダンスですとか
慈善バザーですとか
婦人会《ウィメンズ・インスティテュート》の集まりですとか
牧師館の園遊会ですとか
ドクター・ムーア（チャーミングな方でしてよ）のお宅のディナーですとか。
これに伴ってあらわれた窓の外の景色はそれまでの一連のものと打って変わってたいそうゆっくりはっきりしている。入念に再現された映像は実物と見紛うばかり、口にされた言葉を緻密に、厳密に、それでいて誇張するでもなく、郊外の高級住宅地特有の厳格な上品さ、物憂さに寄り添いながら追ってゆく。

それに、お芝居や映画が見たくなったらすぐに街まで出られますし。

窓に映る景色に箱型自動車が風のようにすべり込んでくる。運転席には白いシルクスカーフの男、助手席にはイブニングドレスのようなものを纏った女。擬《まが》い物の男女はしゃちほこばってすわっている。白い顔は物憂さを石灰で押し固めたよう。自動車が角を曲がって消えてゆくと、脇道のある黒い道路は黒い木に、木と化していた黒い女の体にもどる。今度は開花が反転し、萎れた花びらの残骸が、襤褸のように汚らしく垂れ下がり、溶けかけた屍をさらす。

だしぬけに正常な光がよみがえり、高級住宅地のドローイングルームが、チンツが、骨董品が、花を生けた花瓶が、夢にもどってくる。Aはソファに腰かけたところだ。上品な落ち着きの下で、物憂げな態度が厳しい現実に抗議する。訪問客は、初めとそっくり同じに腰かけて、なにか判然としないことをいっている。そこへメイドがワゴンを押して扉から入ってくる。ワゴンには紋章付きのきらめく銀のティーセット、バターを添えた薄いパン、信じられないほど小さなキュウリのサンドイッチ、マカロンの皿が載っている。
幼い金髪の少女が――母親であるAの娘にちがいないからBと呼んでもいいだろう――開けっ放しの扉の向こうから覗いている。大人たちは気づかない。やがて少女は忍び足で去ってゆく。

わたしたちの館はいつも途方もなく静かだった気がします。なんだか、人は小声でしか話さないと決まっているかのようでした。両親が話し相手になってくれることはめったにありませんでした。誰もあまり話しかけてはくれませんでした。ただ、雨がしきりにささやいていました。雨はよく降り、絶えずわたしに向かってささやきました。窓一面を雨が閉ざして部屋の隅という隅に影が集う長い午後には、太陽と日本人のハウスボーイに思いを馳せることもありました。母の悲しみと窓の雨で翳った部屋は孤独でした。雨はあの館だけを孤独の呪文で閉ざしたのです。

やがて、雨がなにをささやいているのかわかるようになりました。雨から魔法の使いかたを学び、するとほどなく孤独を感じなくなりました。わたしは鼠や蜘蛛の夜のやりかたでこの館と親しむ術《すべ》を学びました。この館の骨組を読み取る術を学びました。見られもせず聞かれもせず床下の秘密のトンネルを走り、梁のあいだに架け渡された蜘蛛の巣を綱渡りのように歩きました。

それからというもの、遊び友だちが欲しいとも、日本人のハウスボーイに美しい物語を聞かせてほしいとも思わなくなりました。カーテンに隠れ、カップボードに籠り、テーブルと椅子の狭間の影に潜んで、わたしは無味乾燥な昼の光を夜の魔法に変え、呪文とささやきを使って密かに自分の世界を作ったのです。

未熟なマリー・ローランサンの夢を思わす淡い色合いで前写実主義的幻想が花開く。言葉にできるような形はない。真珠色の隆起とパステル調の沈降。ベビーブルー、キャンディピンク、レモンアイシングイエロー、すべてが漫然と甘ったるく融け合って、なにやらセロファンでくるんで太いサテンのリボンを掛けた高級ボンボンショコラの箱のようだ。嫌というほどこれを見せられてからようやくさまざまな形が生まれはじめるものの、時の流れを長く観察していてもいっこうに創造が起こる気配はなく、なかなか状態は安定しない。チリンチリンと清らかなオルゴールの調べに乗って踊るチロリアンダンスだかスイスダンスだかの踊り手、華やかな衣裳の農民、薔薇の花冠のキューピッド、柘榴色の頰をした寝間着の天使、それがたちまちブラームスの交響曲と規律の厳しい伝統的バレエ団に早変わり、となりかねない雰囲気だ。

同じように今しも猫の背そっくりに盛り上がってゆく山はオリュンポス山かもしれない、シナイ山かもしれない、いや、そもそも猫の背であって山などではないのかもしれない。仮にそれが山だとして、確かめるべく近づいてみれば、その透明さは蜃気楼と呼ぶにふさわしいという印象を受ける。水晶めいた雪の斜面、おぼろな木立、透きとおった岩、さらに、そのすぐ手前に小さな湖が一つ、ガラスのように澄んだ水はヒメハヤ一匹にさえ穢されたことがなさそうだ。

景色がこれほど希薄な透明感を帯びて、清らかなオーロラの光輝に照らされているふうなのは、かなり緯度の高い北の地だからかもしれない。いかにも北欧的な長身の見目麗しいハイカー一行の到着で、この推測にある程度の裏付けが得られる。一行は湖畔でピクニックを始める。ハイカーは一人残らず、老いも若きも(年配の者も数人混じっている)、男も女も、ずばぬけて立派な体格で、輝く金茶に日焼けした肌が美しい。きわめて容姿に恵まれているだけあって、誰もが歓喜と活力にあふれている。ときおり何人かが生きる喜び《ジョワ・ド・ヴィーヴル》を抑えかねて、不思議に聞き覚えのある名を大声で呼び交わしながら、競走を始めたり力比べに興じたりする。さらには相手かまわぬ愛撫が、ことさらに熱烈に、真剣に、自然にと、さまざまに繰り広げられる。これが突然の嫉妬を引き起こし、ともすれば暴力や悪意ある悪戯や嫌がらせに至りもする。こういう子供じみたいっときの恋や喧嘩は、どうやらいとも簡単に起きては忘れられてゆくようだ。おそらくどの雑嚢にも潤沢に入っているらしいワインと関係しているのだろう。

気儘な休日の気分が大団円となるのを待たずして、なんとも興醒めな雲が怨みがましく湖の上空に寄り集い、滝のような雨を降らせはじめる。ハイカーたちはずぶ濡れだ。襲いかかったのは並みの山の嵐ではない、まさしく雲の爆発、どっとばかりにほとばしる水の糾弾、陰湿な執拗さで陽気なパーティを襲う粛清、小止みになる気配も見せず、やがてこの風景からハイカーたちはことごとく押し流されてしまう。

やっと雲が去ると、山の様相は一変している。湖も、明るく澄んだ夢の光も、おぼろな雪も見えない。代わって、無味乾燥な現実が荒涼たる岩山を照らし出す。中腹にある研究室で、科学者が独り作業をしている。胡麻塩の無精髭を生やした高齢の科学者は、ヨーロッパ大陸の辺鄙な温泉保養地で晩年を過ごす老いさらばえた医者といった風情だ。着ているのは背中で紐を縛るタイプのだぶだぶの白いうわっぱり。そのせいか、いかつい体つきの年寄り女中《ボンヌ》の戯画にも見える。うわっぱりは、裾から黒いドタ靴の爪先が頑固な亀よろしく突き出しているうえに、とうてい清潔とはいえないありさまで、食べこぼしやソースばかりか、老科学者が今まさにむっつりした顔で取り組んでいるさまざまな実験の名残で染みだらけだ。顕微鏡と実験レポートのあいだを老科学者はうろうろと行ったり来たり、たまに足を止めたかと思うと、石碑かと思うようなどっしりと巨大な学術書を覗き込むが、求める化学式は見つかりそうにないようす。とりわけ不可解な点でもあるのか、血管の浮き出た震える手で、巨大な書物をしきりにめくっている。

老科学者は窓の外から見つめる顔に気づいていない。型崩れした穴だらけの麦藁帽子の下の虚《うつ》けた笑い。村の道化者の少年だ。少年は開けっ放しの扉口の柱の向こうからなかを覗いて、実験に没頭する老科学者を見ているうちに大胆になり、抜き足差し足、用心深く部屋に入り込む。テーブルに置いたバーナーの上でなにかがふつふつ煮えている。少年は摺り足で少しだけテーブルに近づく。書物を見ている科学者からは油断なく目を離さない。さらにぐいっと一歩近づく。試験管の中でふつふつ泡立つものが気になるとみえる。やがて、我慢できなくなったらしい。手がそろそろとそちらへ伸びて、ひっこんで、ふたたびおずおずと伸びてゆく。興奮のあまり体がひくひく震え、顔が歪む。手が試験管をつかむ。

その一触れで閃光がほとばしり一切合切が破裂してきらめく塵と化す。一瞬、無限の寂しい暗黒が広がる。と、きらめきの氾濫が、弾けた分子の噴水が、みるみるうちにさまざまな大きさのスパンコールに結晶して、純粋な剥き出しの虚無のなかへと飛散する。すると今度は一気に幾つもの彗星の、恒星の、惑星の、銀河の、燃え盛る成長が始まり……星座がつぎつぎに集い……無数の天体が無限の航海へと我先に飛び出し……まばたき一つするあいだに巨大な宇宙の花が咲き誇る。創造はさらに進む。太陽系が離れてゆく。星々はさらに大きく、明るく燃え、それにつれて何千兆もの天体が世界初の旅客機《ストラトライナー》のようにまだ見ぬ目的地めざして轟々と飛び去る。ビリヤードボールの地球が投げ上げられ、足元で果てしない平面に変じる。コズミック・マシンの空《から》ぶかしの轟音が永遠の安定したリズムに落ち着く。

この大騒ぎをよそに、静かなところで、幼い少女Bが本を読んでいる。芽吹いたばかりの短い青草の上、木にもたれてBはすわっている。あたりは人気《ひとけ》もなく涼しい。なにもかもが春めいて、とても単純だ。草と清らかな緑の木と子供が一人。まもなくほかの子供が何人かあらわれて赤と緑のお手玉で遊びはじめる。二列に並んで、前の列の子が肩越しに投げるお手玉を、後ろの列の子が受けて隣にまわす。一糸乱れぬその動きは、儀式的で、どこか強迫観念めいている。全員がこのゲームのルールを几帳面に守ることだけに専念していて、静けさを破るものはときおり響く抑えた声ぐらいだ。木の下で、Bは本を置いて見つめる。仲間に加わりたいと思っているのは傍目にも明らかなのに、気後れしてきっかけがつかめないらしい。ほかの子供はそんなBには気づきもせずに、ゲームに熱中している。ついにBは立ち上がってそちらへ近づく。つかのまゲームが中断する。パブリックスクールの生徒を思わせる無表情な少年が礼儀正しく進み出ると、うやうやしくBをゲームに誘う。

Bは緊張している。ルールがわかっていないのかもしれない、単に新たな手法を試すつもりでいるのかもしれない。とにかく、自分の番が来ると、赤いお手玉を後ろではなく前に投げる。そのとたん、テレパシーで示し合わせたかのようにゲームがぴたりと止まる。子供たちの顔には驚愕と敵意が浮かんでいる。なかでもさっきの礼儀正しい少年は激しい憤りに顔を歪めているが、やがて仲間を集めて歩み去る。

取り残されたBは、子供たちが消えた方向を見つめて独り呆然と立ち尽くす。と、Bの目がぱっと、期待するように、黒の町着姿で書類鞄と傘を持って足早に歩いてくる一人の男（なにを隠そう、Bの父親だ）に向けられる。Bはすがるように男を仰ぎ見る。ところが男は急いでいるのか、大事な用で頭がいっぱいなのか、自分の娘に気づきもせずに通り過ぎると、木の右手の地面に突如としてバネ仕掛けのオペラハットよろしくあらわれた巨大オフィスビルにせかせかと入ってゆく。男がなかに入ると同時に、凝った装飾の両開き扉が閉ざされる。それでも、錬鉄の渦巻き模様の向こうに、事務員やタイピストや机や電話や緑の傘のランプが並ぶ部屋また部屋を抜けて遠ざかる男の姿が見て取れる。が、男の背後で透明な扉がつぎつぎ閉ざされて、ついに男は巨大な蟻塚のようなオフィスビルの中心部に近づきがたく閉じ込められてしまう。

Bは、父親を追うように二歩、三歩とビルのほうへ歩きかけてから、ふらふらと木の下にもどる。木の左手にはいつの間にか中央に扉のある見栄えのしない石塀が建っている。向こうのほうから、Aが近づいてくる。心ここにあらずの態で、手はすでに扉のほうへ伸ばされている。細長いその扉を、青いきらめきを放つ指輪をはめた左手で、勿体らしくAは叩く。扉が開くのを待ちながら、Aはゆるゆると子供のほうに目を遣り、悲しげな顔でまっすぐ見つめる。と思うと、視線がすっと動いて、開こうとする扉のほうへ気のないようすで向けられる。扉の奥は暗い空間で、青白い彫刻の大きな壺が濃い影のなかにかろうじて幾つか見て取れる。Aがなかに入る。ガチャリ、ガチャリと、決定的な音を二度はっきりと響かせて、扉が閉ざされ鍵がかけられる。幼い少女は理解しがたい運命を純然たる諦めの表情で見つめているが、やがて木の根方の元いた場所に腰をおろす。Bが本を手に取り読みはじめると、石塀とオフィスビルはいつしか消えて、夢の絵はそもそもの始まりの姿を取りもどす。ただ、初めと違って、春めく単純さが今は紛れもない寂寥と孤独の気配を孕んでいる。

母が死んで、館がいつも静かだった理由がわかりました。この館は初めから息を殺して見ていたのです、母が死と踊るステップに耳をそばだてていたのです。

なにが起きたか父は一度も話してくれませんでした。母の死についてわたしになにか教えてくれる人はいませんでしたし、わたしも人に尋ねたことはありません。それは尋ねるべくもない問いだったから。そうはいっても、ふとした折に考えました。とりわけ夜には考えました。死や自分や母について考え、誰かに訊けたらいいのにと願いながら、怯える夜もありました。もちろん、こんな問いを口に出せるはずもないのはわかっていました。母の死のことだけは、どんなに怖くても、誰にもぜったい話せなかった。それだけはしたくなかったのです。

昼の時間。夜の時間。夜の闇の時間。考える時間。日の光の下で口にしてはならない問いのための時間。

問いはチェストの下で始まる。初めは確信が持てない。なにか別のものだという可能性もまだある。一番下の抽斗にしまった厚手の冬物のセーターに蛾が攻めかかろうとしているのかもしれない。毛羽立つ硬い毛糸は蛾には荷が重そうだが、一匹の蛾が臆することなく、手に負えないと諦めることなく、翅が傷んでも前進を阻まれてもお構いなしに、実に英雄的な態度で格闘をつづけているのだ。あるいは、木喰い虫が木に穴をあけようとしているのかもしれない。下の抽斗はすべりが悪く、かなり強く引かないと開かなくて、力いっぱい引くと柔らかい木から粉のような木屑がぱらぱら落ちてくる。そこに木喰い虫の幼虫か成虫がさしたる努力もなしに潜り込み、好き勝手をしているのだ。

けれど、それは一番下の抽斗にいる蛾でもない、木喰い虫でもない、闇のなかでぎしぎしと伸びをする床板でもない。チェストの下でうごめいているのは、あの問いだ。問いは腹這いで少しだけ移動して、それから、飛びかかるタイミングを計る虎のように狡賢くいったん動きを止める。そう、まさしく虎のように、問いはチェストの下で息を潜める。鼠ぐらいの小さな虎。体は黄褐色と黒の縞模様ではなくて、ベルベットを思わす漆黒。ついに床に身を伏せたままふたたびそれは動きだす。部屋のなかへと這い出して、力を溜め、膨らんでゆく。もうじき飛びかかる準備ができそうだ。皮膚の下で怖いほど筋肉が盛り上がり、細波立つ。どんどんどんどんそれは大きくなってゆく。と、張り詰めた筋肉の塊がふわりと優雅に浮き上がり、漆黒の体を宙に解き放つ。狂暴で、優美で、スタイリッシュなバネ式の弓。無造作で、投げやりといってもいいほどで、避けがたい。

どこへ行った？　まさか朝の光が射し染める明るい二階の部屋？

鏡が傾き、日の光を捕らえて、虹色のダイヤモンドを切り取ったようなきらきらまばゆいプリズムを吐き散らす。レースカーテン越しの太陽のメダイヨンに抱《いだ》かれているのは、精巧な鋳物の飾り金具が付いた白い脚付チェスト《トールボーイ》——たっぷり収納できる、豪華で高価なエドワーディアン・スタイルだ。抽斗が音もなくするりと開いて閉まって、綺麗に丸めたストッキング、手袋、ブラウス、下着がちらりと見える。衣類にはレースか手刺繍があしらわれ、抽斗の隅には香水のサシェとラベンダーポプリの袋が忍ばせてある。モロッコ革のケースにくるまったトラベルクロックが涼やかな銀の音を奏でる。マントルピースの両端には紋章と縦溝彫りを施した銀の燭台、燭台の蠟燭はピンク。モノグラム付きの銀のヘアブラシや箱がおぼろな虹色のきらめきを放つ。これらが並べてあるのは、出窓に据えた横長の白い鏡台《ドレッシングテーブル》だ。トールボーイと対《つい》になったドレッシングテーブルは、楕円形の鏡のフレームも抽斗の前板も鋳物のリボンや花輪《リース》で隙間なく飾られていて、きらめく小物類を並べたテーブルトップにピンクの薔薇を刺繍した細長いテーブルランナーが掛けてある。ベッドサイドのテーブルにはお揃いの薔薇模様のテーブルクロス、カーネーションを生けた花瓶と胃腸薬《イーノ・フルーツソルト》のボトル、傷一つないピルボックスと水のカラフェを載せた銀のトレイ——すべてが日の光のなかで冴え渡る。窓から射し込むレースカーテン越しの光は、つやつやと白くなめらかなサテンのベッドスプレッドの上にも惜しみなく穏やかに降りそそぐ。日射しは鋭くも烈しくもないけれど、部屋のあらゆるものに等しくそこはかとない解放感を与えるに充分な強さだ。
これを封じて扉が閉まり、そして、前にも見た指輪の手の下でゆっくりと、ふたたび開く。さっきと変わらぬ部屋にAが入ってゆく。いや、一つ変わった――今は日が沈もうとしている。夕焼けの赤い光が部屋にあふれ、薬剤師のビーカーの色水のなかを漂っているかのようだ。この夕焼けの危険な光のなか、赤く、赤く、Aはのけぞるように天を仰ぐ。張り詰めた首の筋肉、今にも折れそうに曝された白い首の、伸びきった華奢な曲線。赤い部屋のなかの今にも折れそうな花の茎。その首から赤が噴き出し飛び散り、部屋の内は瞬時に湿った仄かな闇に包まれる。銀がたちまち黒ずみ、窓が錆び付く。左手が喉元に跳ね上がり、震え、指輪を鈍くまたたかせる。霧雨の繊細さで赤のしぶきが撒き散らされ、ベッドスプレッドに点描画を描く。赤はおぼろな滝となってトールボーイの開いたままの抽斗からあふれ出し、床全体にじわじわ扇のように広がって、這い進んでゆく先には扉が
それが開いてAを送り出し、音もなくそっとAの手の下で閉まる。
惚《ほう》けたような虚ろな顔で扉を閉めたAは、ゆっくりと歩きだす。足を踏み入れるのは幅

の狭い廻廊《ギャラリー》、ギャラリーはホールの三方に廻らされている。あらゆるものがひどく暗い。唯一の光源は下のホールの中央に置かれた年代物のランタン、薄く削った牛の角をガラス代わりに嵌めた窓から放たれる光は恨めしげにくすんでいる。ギャラリーは濃い影のなか。鏡板も、閉ざされた扉の列も、実のところ想像の域を出ない。ホールの天井は教会ほども高く、蝙蝠が飛び交っていても梁で梟が眠っていても場違いではない。明かりがある下のホール全体は、華美と質実剛健が奇妙な闘争を繰り広げている。剝き出しの高い壁、不気味にわだかまる影、カーテンのない教会然とした窓——厳格な修道院といった趣だ。しかしこの禁欲的な雰囲気は、砒素を含むシェーレグリーンの絨毯にも、ランタンの光で紅絹《もみ》の光沢を放つ玉座風の豪華な椅子にも、まるでそぐわない。この二色《ふたいろ》——絨毯の鮮緑色と椅子の緋色という唯一目に見える色は、凝縮された危険な強度で、毒々しい烈しさで、燃え立たんばかりだ。普通なら淡い色合いのはずの夢の一幕のなかで、この特別な二色だけが怖いほどに際立っている。どちらも化学物質の色めいて、スモークガラス越しの炎の観察を連想させる。強烈すぎてなにかの仕切りでもないと向き合えないと感じさせる。

椅子には男が腰かけている。この暗さでよく見えない書類に顔をくっつけるようにして取り組んでいる。男のかたわらの小さなテーブルには山積みの書類、両手にも書類、膝にも書類。腰かけて書類の上にかがみこむという姿勢のせいで、男の風貌をはっきり見きわめるのはきわめて難しい（とはいえ、この人物が前の夢に出てきた男――忙しさにかまけて救いを求める自分の娘に気づかなかったあの男なのは、まちがいない）。

こういうものすべてが胡散臭いと同時に禍々しい印象を醸し出している。禍々しい印象が生まれるのは、大仰な家具調度がどこか説得力に欠けるからにほかならない。分厚い壁はひょっとすると紙で作ってあるのかもしれない。そもそもこの館自体、目に入らない部分は針金やら衝立やらの安直な寄せ集めでしかないのかもしれない。もっとも、これを明確に示す証拠は一つもない。目の前のものが急に溶け崩れてまったく違うものに変わってしまいそうな、不吉な夢の感覚があるだけだ。

ここで見えている現実は、別の次元のさらに恐ろしい現実という顔が着けている仮面にすぎないのかもしれない。

黒いドレスに身を包んでゆっくりと階段をおりてくるAにも、ある意味でこれは当てはまる。Aはランタンのそばに腰かける男に気づいてはいるものの、その存在に惑わされることはない。そっと歩を進めているのも、男を邪魔すまいと気遣ってのことではない。いずれにせよ、遠くにいる男にAの立てる音は聞こえない。男がいるところは見かけよりもずっと遠い。男を見おろすAの顔は個性を削ぎ取られ、写真のなかの顔のようだ。階段の下のほうにさしかかり、ランタンの光の半径に入ったAの上に、手摺りの子柱の影が脱穀機の殻竿そっくりに一定の間隔でつぎつぎと落ちかかる。いちばん下の段でAは足を止める。今度は鉱物の火で輝く砒素の緑海に乗り出さなくてはならない。その一歩を踏み出すのは至難の業だ（こういう最後が弱さゆえの行動と呼ばれるのはなぜなのか）。彫刻のある手摺りの親柱に手を掛けて、Aは階段の最後の段で立ちすくむ。

Aが片足を前に出す。足が絨毯に触れたとたん、親柱が背後で異様に丈高く巨大に、黒い木さながらそそり立つ。一瞬なにかが記憶をかすめ、わずかに不穏な既視感《デジャヴュ》が頭をもたげる——これはすでに起きたこと……？　どこで……？

Aが前へと一歩進む。そして、また一歩。ランタンの左手にある扉へと向かう。もののしい掛け金が幾つも取り付けてあって、表玄関の扉だとわかる。だが、掛け金は掛かっていない。鉄のチェーンは外れてぶら下がっている。

（つかのま、普遍的無意識の海の沖合遠く、拷問で衰弱した奴隷が、厳かに穏やかに古《いにしえ》の叡智を語る。部屋のなかに煙が？　量が少なければわたしは部屋を出ないが、量が多ければ部屋を出る。あの扉はいつでも開いているから。煙がゆらゆらと振り香炉の煙を思わすしめやかさで漏斗状に立ちのぼり、彼を押し包み、押し流す）

外へ出るならドアノブをまわすだけでいい。ドアノブに手を掛けると、とたんに緊張感が高まるのがわかる。Ａは超然とした態度を保ち、一心に目的を遂げようとする。すぐそこに腰かけている男の注意を今は決して引くまいとしている節《ふし》がある。そのくせドアノブをまわす寸前、ほんの一瞬、止むに止まれずといった風情で男を見やる。なにも知ろうとしない、なにも見ようとしない無関心で無神経な群衆に向かって、望みがないとわかっていながら無言で訴えかけているふうでもある。男のほうはまったく無関心というわけでもなく、書類の山をひっかきまわしている。その拍子に絨毯の上で足が動き、鮮緑色のパイル地が乱れる。高まってゆく緊張感に、煩わしげな、苦々しげな、幽《かす》かに気づきかけているような顔で、男が目を上げる。耳慣れない音でも聞こえるのだろうか。外で雨が降っている？　急に風が強くなった？　男にはＡが見えていない。肩越しに振り向かないとＡの姿は視界に入らない。しばらくのあいだ、男は落ち着けずにいる。なによりも、集中を破られたことに苛立っている。やがて得体の知れない違和感を振り払い、男は書類のつづきに取りかかる。

Ａはゆっくりとドアノブをまわす。この扉も音を立てずにそっと閉めて〈楡館〉の庭へと足を踏み入れる。庭師が長柄の鋏で芝生の際刈りをしている。Ａは芝生の上の庭師のすぐそばに佇んで、刈られた芝が砂利の上に落ちるところを観察する。鋏の扱いかたにちょっと興味があって知りたいといわんばかりの雰囲気だ。もっとも、このささやかな逃亡からもＡの真の自我は終始切り離されている。庭師は顔を上げない。つばがよれよれの古い麦藁帽子をかぶり、背を強ばらせ、首を傾げ、ジャキジャキと刈り込む鋏のリズムにためらいはない。

庭師がひたすら芝刈りをつづけるあいだに、車が一台ポーチの前に止まり、ショーファーが降りてきて呼び鈴を鳴らし、上品な婦人が車から降り立ち、メイドが館の扉をあけて迎え入れる。これら四人の人物が、庭師も、訪問客も、ショーファーも、メイドも、麦藁帽子の下で、鳥の剝製付き帽子の下で、制帽の下で、モスリンキャップの下で、同じ仮面顔を着けて、Aから数ヤードのところに寄り集まっている。凍りついた活人画のなかで、仮面顔が四つ揃ってゆっくりとAに向けられ、静止する。恐怖がAの顔に広がってゆく。Aは四人の顔を代わるがわる見つめ、そちらに背を向け、逃げるようにそこから離れる。門の外に出たとたん、両側の楡の枝が伸びてきて捕まえようとする。長い腕の先で葉《は》叢《むら》の指がうごめく。葉が一枚舞い落ちる。Aは駆け出す。葉がつぎつぎ舞い落ちる。大きさではなくて見えかたの誇張された落ち葉が、地面の至るところで渦巻き、砂を孕んだ風に乗って吹き寄せられ、一枚ずつ吹き飛ばされてゆく。

鉛色の空を背に、裸の梢が揺れている。

あなたは虎が怖い？　残酷で繊細なビロードの足でそこらじゅうひたひたと歩きまわる音があなたには聞こえる？

夜の国で虎が成長する速さはいずれ所轄官庁で調査すべき案件だろう。虎は初めのうち鼠ほどの大きさ、それがいつの間にかスマトラタイガーの二倍の大きさになり、その行動半径に足を踏み入れるあらゆるものを打ちひしぐ。「ナイフ」と唱える間もあらばこそ（どんな状況であれ「ナイフ」と唱えるのはあまり気の利いたことではないが）、虎の同類が男も女も相集い、まともで静かで上品で従順なあなたの夜は毎度お馴染み虎の庭へと変貌する。どこを見ても夜は至るところ虎だらけ、飛んだり跳ねたり、ヒゲの手入れをしたり、あなたのおごりですてきな時間を過ごしたり。あなたにできることはどうやら一つもなさそうだ。

　虎たちが羽目を外すほどに、悪さと悪ふざけはいよいよ奔放になり、この夢のなかのＡはあろうことかさまざまな悲運に巻き込まれることになる。黒を纏った逃亡中のＡの姿はありとあらゆる袋小路で掻き消える。この世界の町という町で、美しい星影を奪う天空の灯りの群れと見知らぬ者たちの死んだ目が冷たく光る通りという通りで、Ａは自分の運命を追いかける。雲の帷子に包まれた足場から、礫《つぶて》のようにＡは墜落する。硬く儚い力で揺るぎなく恐ろしくそびえ、跳鼠《とびねずみ》の骨のように優美に空に映り、花崗岩と鋼鉄の不滅を誇る高層ビルから、Ａは飛びおりる。〈ピート・ザ・グリーク〉亭の店主は、誰も片づけようとしない薄汚いクリスマスの花綱の下で、染みだらけのバーカウンターにつっぷして、Aの流す血に塗れたタイヤが急停止する悲鳴を聞く。ルームナンバーを付けたホテルのドアの奥のベッドルームで、ハンガーに掛ける価値もない古コートのようにぐったりしたAの姿が見つかり、あるいは、丈高い夏草のあいだで顔をしかめる気弱な幽霊さながら傾《かし》いだ墓石が立ち並ぶ片田舎の教会墓地で、木からぶら下がったAの姿が見つかる。寂しい川の水草がじっとり冷たい綛糸《かせいと》でAを絡め取り、熱帯の海の潮流がAの靴を奪い取り、蟹がAの眼窩を這いまわる。シートでくるまれ身元不明でゴム車のストレッチャーに載せられたAが、クロロフォルム臭の充満する果てしなく寒々しい廊下を渡ってゆく。リボルバーの冷笑的な吠え声が、一つ一つの曖昧な文を恣意的に締めくくる終止符となる。

無関心な世界を徘徊する暴力的な死、その気紛れでいて弛《たゆ》みない探索、舞踏《サラバンド》、追跡。舞踏は憔悴、絶望、終焉の動作に入る。そのフォーム、ジェスチャー、ディテールはとにかく多様で、不変とはいいがたい。これにふさわしいのはいかがわしい下層地区にあるタウンハウスといったところか。おそらくは下宿だ。剣先フェンスで囲まれて、収まりきらないゴミを吐き出すゴミ箱が並ぶ一角。むっとする暑い夜、通りの空気は淀んでいる。金切り声の垢じみた子供らは投げやりで気難しく、遊びのなかでも喧嘩が絶えない。タウンハウスの玄関ドアはペンキの塗り替えが必要で、打ち捨てられ冒瀆された祭壇のように見窄らしくも格式張って窓の下にハウスナンバーを掲げている。おそらく横手に〈ベッド・アンド・ブレックファスト〉の小さな看板。なかに入ると、玄関は狭くて薄暗く、変色したリノリウムの廊下は二手に分かれて階段と地下室へとつづく。食欲をそそらない食べ物、キャベツの茹で汁と、帽子掛けにひっかけた雨外套《マッキントッシュ》のにおい。釉薬をかけた土管が、蒲《がま》の絵を描かれて、傘立てに使われている。

大義そうに上階へと伸びる階段、踊り場という踊り場は撓《たわ》み、軋む歩みを受け止める埃色のフェルトは踏みにじられて擦り切れている。最上階の奥の寝室は、あちこちの部屋で用済みになった家具が物悲しい。床に散らばるグラス、カップ、ウイスキーとジンの空き瓶……注射器、散乱する錠剤、くしゃくしゃの薬包紙からこぼれた粉末、注射針、ジアモルフィンのラベルを貼った空《から》の薬瓶などなど。上げ下げ窓には煤けた霞色のレースのカーテン、もつれた光が侘しく絡まる。真鍮のベッドの上のくしゃくしゃと丸まった夜具、その下には動かぬ人の姿めいた恐ろしい形がかろうじて、厳然として、見て取れる。わずかに風を孕んだカーテンの向こうは煙突陶管《チムニーポット》と煙突帽《カウル》の敵意に満ちた黒い列、ごつごつした切妻屋根が鉄の鋭さを空に映す。古い貝殻を思わせる、空ろな、干涸らびた空。

母の死はこの館になんの変化ももたらしませんでした。もうここに母はいない、それだけのことでした。とはいえ、肉体的存在が消えたのは確かです。わたしと影とで寂しく暮らす静かな部屋べやに留まったのは、母の〈悲しみ〉と〈物憂さ〉という幽霊でした。幽霊たちは心細いのか、わたしを慕って夜の世界にもついてきました。わたしを母と取りちがえているようでもあり、ときには彼らの近しさを通じて、母を前より近しく感じることもありました。なんだか、母の死が母をすぐそばに連れてきてくれたようでした。母の近しさは、ときどき肩に触れる手として感じられ、そんなときは怖くなって、駆けたり跳んだり宙返りまでして、その手を振り払おうとしたものです。それでも手は、いつもなかなか肩から離れようとしませんでした。

二階の窓から外を眺めていると、ときおりわたしの目を通して眺めている母が感じられました。橋から下を覗いて泳ぐ魚を眺めるように、自分たちとは無関係な外の世界を異質な構成物としてわたしたちは眺めました。孤独な窓のガラスの内に閉じ込められて二人で見下ろす日常は、わたしたちとは無縁のものでした。

叫び、歌い、ややあやあと呼びかけながら、社交的な太陽が惑星一同相集う舞台に躍り出る。何十億回となくこれを繰り返しているのだから、少しはおざなりになりそうなものだ。が、彼はちがう。とんでもない！　観客に入場料相応の満足を与えるべく意気込む誠実な俳優よろしく、初演のときに劣らぬ渾身の熱演を繰り広げる。むろんのこと、ほかの俳優陣もそれに見合う演技で応じる。雲の一団が群舞の色鮮やかなスカーフを慌ただしく手に取って、開演時の立ち位置に飛んでゆく。地上では、同盟軍の指揮官が礼砲を撃ち合うように、大陸の向こうとこちらで海と海とが轟きを交わし合う。群島同士の挨拶はもっと親しげだ。

陽光の波が屋根のジャングルに押し寄せると、無数の鸚哥《いんこ》の黒い塊がロケットの打ち上げさながらいっせいに飛び立つ。猿の一団が欠伸し、交尾し、つねり、ひっかき、鳴き立て、起きだす。蜂の巣状の洞窟では無数のグローワームが星群れさながらきらめく。連なる洞窟の奥では、氷柱石《つららいし》に紛れて、蝙蝠が寄り集まってぶら下がる。優美な毛皮を纏ったた温和なジャイアントパンダが岩間に浮かれ騒ぐ。

海中でも同様のことが繰り広げられる。クジラが、ネズミイルカが、マイルカが、トビウオが、サバが、小魚《スプラット》が群遊する。カキ床は満員だ。天文学的な数の極微動物や有孔虫が浮遊する。

系統樹の上のほうでも違いはない。人間の部族コミュニティがいちどきに目覚める。皆が我勝ちに笑いだし、しゃべりだし、祈りだし、泣きだし、料理に洗濯に仕事に取りかかる。闘鶏の籠が見物人のために一箇所にまとめられる。某氏は文明的な制裁を受け、自分の兎小屋で何十匹だか何百匹だかの兎に囲まれて眠りから覚める。スイッチを入れてダイヤルをまわし、それから、さまざまな国の声を響かせる。カラーとネクタイを着け、折り目のついたズボンとピカピカの靴を履き、ごった返す食堂へ、通りへ、バスへ、列車へ、自動車へ、飛行機へ、オフィスへ、公園へ、ナイトクラブへ、劇場へ、病院へ、教会へ、墓地へ、墓穴へと急ぐ。

天国。賑わしい光景はおとぎ話の挿絵のようでもあり、古めかしい聖書の挿画のようでもあり、クリスマス笑劇《パントマイム》の魔法の洞窟のようでもある。広い空は眩しい青、雲のクッションに天使の一団が寝転んでいる。左手は一面の花畑、大勢の聖人や熾天使が散策し、公園風に置かれたベンチに腰をおろしている。噴水がしぶきを上げ、鳥がさえずり、せせらぎが笑いさざめく。草は緑に輝いて、花のきらめきは宝石さながら、小川には橋の代わりに虹が架かり、純金製のベンチが並んでいる。

中央には、荘厳な佇まいのアラバスターの階《きざはし》が、まばゆいばかりに白く、とてつもない大きさで、遙か上へと緩やかに伸びている。神の御座《みざ》までつづくと思《おぼ》しいその巨大な階をのぼりおりする絶えざる流れは、粛々たる天使の列だ。

右手を一望すれば、下のほうできらきらと光を弾くのは巨大なスケートリンクだろうか、周《ぐるり》を金の冠と白いローブの群衆が埋め尽くしている。ここから、たいそう遠くたいそう厳かに、渾然と言葉が立ちのぼる。途方もない数の群衆が人声《ヴォックス・フマーナ》の音色のオルガンと大楽団の伴奏で歌う賛美歌だ。遠吠えにも似た合唱がやがて消えると、打ち集う聖人たちが眼前のきらめく氷上に冠を放り投げ、機関銃の連射を思わせるスタッカートが鋭い余韻を残す。

と思うと、階の一段一段の端に熾天使たちが進み出て、トランペットを高々と構え上昇旋律を凜と吹き鳴らす。合唱を終えた右手の群衆が緊張を解き、三々五々と連れ立って、談笑しながらゆっくりと散りはじめる。煙草に火を点け、光輪をふたたび頭の後ろに取り付け、ポケットに手を突っ込み……という雰囲気を漂わせているが、もちろん実際にそんなことはしない。一同がぶらぶらと去ってゆくあいだも、階の下では子供の一団が楽しそうに駆けまわり、智天使たちと鬼ごっこをしている。智天使のモスリンの翼はきらきらするモールで肩に留め付けてある。子供は全員が同じ年頃で、十二歳から十四歳ぐらい、性別は判然としないが、薔薇の蕾の唇と美しい巻毛は、磁器人形そのものの愛らしさだ。

幼い少女B（目立たぬ傍観者として前景にいる）は、踊りながら野原に分け入って花鎖や花束を作りはじめた子供たちを、うっとりと眺めている（花が一輪摘まれるたびに、そこに一輪すぐに新たな花が咲く）。

Bは見るものすべてにすっかり心を奪われつつも、いくらか気後れしているらしい。なに一つ見逃すまいとあたりを見まわして、落ち着かなげに足踏みするばかり、自分の姿を半ば隠してくれる灌木(大きな銀の星できらきらと少々派手に飾り立てられている)のそばを離れるようすはない。

この光景全体が神の務めに勤しみざわめいているようで、うきうきと楽しげでいて清らかだ。いや、実際にざわめきが、永続的で集積的で無邪気な喜びの表現が、聞き取れる。渾然と融け合って響く音楽と遙かな歌声、笑い声、水、ハープ、鳥、鐘。不意に、このすべてが途絶える。静寂。荘厳な鐘の音が一つ響いて遠く冴する。

天使たちの唇からほほえみが消える、聖人たちがおしゃべりをやめて厳めしい表情になる、子供たちはうなだれた花を手にしたまま、真面目な顔で静かに立ち尽くす。すべての顔が同じほうを向く。

なにを見ているのだろうと、Bもそちらに目を向ける。Bが反対側を見ているあいだに、どこからともなくAがあらわれて、今は夢の前景を横切っている。纏うのは黒の一色《ひといろ》。重くもなく軽くもない足取りで、けれども計り知れない孤独に包まれて、きらびやかな群衆と交わるでもなく、Aは歩いてゆく。通り過ぎしな一同を見やるまなざしには羨望の色も関心の色もない。

Ｂは隠れていた灌木の陰からおずおずと離れて進み出ると、母親を追って歩きだす。

時を同じくして、上位の天使が二人、簡素なローブに身を包み、長く尖った翼の影に顔を隠して進み出る。両側から支えて運ぶのは小道具のアーチだ。アーチはガンメタルグレーの紙（銀製品が変色しないように包んでおく、あの手の紙）で作られ、地下道への進入路を模して**地獄方面出口**の小さな赤いネオンサインが取り付けてある。

両側から天使に支えられ、アーチが地面に据え付けられる。見守る聖人たちの不安げな視線が行き交い、ささやきが飛び交う。Ａは毛筋ほども表情を動かさずにアーチをくぐり抜ける。行く先に気づいていないらしい。階の下にいる熾天使たちがトランペットを構える。聖人たちが哀惜の下に貪欲な好奇心をにじませて、そわそわと身じろぎ、ささやき、身を乗り出し、見つめる。常《とこ》しえの輝きを冷ややかな関心と悲しみに翳らせて、見つめる。

トランペットの最初の一音が吹き鳴らされる。

二人の天使がアーチを運び去ろうと腰をかがめたその刹那、Ｂは決死の覚悟で突進してなかへ飛び込む。

一切が暗転する——突如として濃い煙幕に包まれたかのように——つぎつぎと闇の帳が下ろされるように。最後まで見えていたのは子供の天使たちの顔、「O」が描かれた特徴のない磁器の呆れ顔。人形の顔の最後の一つが消えると同時に、賛美歌が遙か遠くでふたたび始まり、数秒のうちにどんどん小さくなって、聞こえなくなる。

下への旅が始まるとどうなる? エレベーターの蛇腹式扉が音高く閉まり、シャフトで轟々と吹き荒れる地獄の風に息が詰まり、決して下までたどりつけないような感覚に陥る。この先なにが起こるのかと気を揉みながら、ここではないどこかへ行きたいと願う時間はいくらでもある。もとより光のなかにふたたび出られる望みはない。いったんくだりはじめたらあとは機械の為すがまま、囚われ、閉じ込められ、一巻の終わり。確かに、脱出できた者が(終着点にたどりついたあとでさえ)いるという噂もある。ただし、それはおそらく現実には存在しない英雄、伝説の勇者、普通の人々の心に宿る希望的観測の投影だ。いずれにせよ、そんなものは曖昧すぎて望み薄、現実的な心の支えにはならないし楽観主義の正当な根拠を与えてもくれない。ここは負けを認めて希望という残酷な棘を心から引き抜くにかぎる。堰《せき》となって水に叩かれ打たれるよりも流れに身を任せるほうがたいていは痛みが少ない。確かに、悪くすれば溺れることになるかもしれない。それでも、打ちのめされ叩きのめされるよりはましだ。加えて、命果てる前にどこかの岸に流れ着くわずかな可能性もつねに残されている。

さて、下の領域への今現在の落下に関しては、事態は実のところ予想以上に思わしくなさそうだ。下でも楽しく過ごせるはずと嘯《うそぶ》いても始まらない。多様性や興奮や社交的あるいは文化的生活は手に入らない。そういうものを追い求めるのならもっと慎重にふるまうべきだった。自分の生来の領分に、集団のなかの千億番目という立場にしがみつき、咄嗟《とっさ》の強がりでそれを失ったり手放したりすべきではなかった。そうすればみんなで仲良く楽園に行って、永遠にその他大勢の一員でいられたことだろう。しかしながら、天国のお仲間に叩き出されたあげく——というより、自ら飛び出したあげく（どちらの言いかただろうと大差ないが）こんなことになった以上、できるだけうまく適応することだけが唯一の道なのだ。

孤独？　そうとも、孤独だろう。自らそれを望んだのではないか？　そもそも集団に埋没できないほど秀でた存在だからこそ、あなたはこんなところにいるわけだ。とにかく、自分一人でいることが、あるいは自分と同じ個人主義者一人か二人と一緒にいることが、群れといっしょに右往左往する凡庸な群居性動物でいるよりもいかばかりか高貴な行為かを考えてみてほしい。

太陽と空気が恋しい？　そうとも、恋しいだろう。陽光のなか風がそよぎ鳥が歌う自由な場所とあなたとのあいだには何百万マイルにも及ぶ堅牢な障害物が存在している。太陽の温かさはもう二度と感じない。鳥の歌はもう二度と聞こえない。こんな環境のなかでは、人造空気が淀んだ黴臭い人造突風となって渦巻くこんな場所では、小鳥は生きられない。それでもあなたは呼吸できるし、これが気に入りもする。そうしていずれはここの空気を海風よりも馨しいと感じ、ここの薄暗い単調な濁った光を粗暴な陽光よりも目にやさしいと感じるようになる。

こんなところは好きになれない？　だったら、どうして来たりした？　来ずにすんだはずなのに。いずれにせよ、今やごねても泣いてもどうにもならない。平気なふりをしろ。強くあれ。耐えられるところをみんなに見せてやれ。あなたは個人主義者だ、ちがうか？

〝みんな〟なんぞ地獄に堕ちるがいい。あんな連中はどうでもいい。あなたがここにいるのは、みんなと連《つる》んでいる暇はないからだ。みんなだの馬鹿ばかしい天国だのを気にすることはない。そうとも、天国なんぞ地獄に堕ちるがいい。

子供は子供同士で過ごすべきだという考えだった父は、わたしを近所の学校に通わせました。季節は秋。学校へ行くとき、風の強い日は通学路を彩る街路樹が一本残らず金のシャワーに包まれて、わたしは舞い散る葉をつかまえて遊んだものです。とくに綺麗な葉をつかまえたときは、かならずポケットに収めました。なのに、あとで見るとそれは決まって色褪せたくしゃくしゃの枯葉でしかなくなっていて、最後は捨てることになるのでした。

初めのうちは、学校に行くのが嬉しくてたまりませんでした。目新しくて楽しそうに思えたから。でも、現実には楽しくもなんともなかった。それに目新しさもすぐ失せて、けっきょくそこは期待外れで興醒めな場所でしかなくなりました。その学期の終わりに劇があって、わたしはいい役をもらいました。舞台に立つのだと思うとほんとうに胸が躍りました。ところがいざその日になってみると、なぜかやっぱり期待外れでしかありませんでした。

それからは、学校で起こるあらゆることが非現実、時間の無駄、どうでもいい退屈な昼の世界の一部に感じられました。昼をどうでもいいものにしておかなくてはならない、昼の世界を現実にしてはならないと、わけもなくそんな思いに駆られました。昼のあいだわたしはずっと夜の世界に帰る時間を、館での密やかな生活という現実へと帰る時間を、待ちわびながら過ごしました。

どこかの国の南部地方の美しい春の朝。このあたりは年の暮れに向けて焦茶色の荒涼とした顔を見せるが、今は初めての太陽を熱烈に迎えたばかり、大地は穏やかな薔薇色に染まっている。柔らかな赤土色《シエンナ》の村が丘々の頂を飾り、どの村でも教会の鐘が鳴っている。一つ一つ異なる鐘の音は漂い、震え、混じり合い、まるで葦笛の翼持つ鳩の群れが丘間《おかあい》を旋回しているかのようだ。村という村から華やかな装いの農民たちが列を成して町へと繰り出してゆく。馬にまたがる者、花飾りをつけた鈍重な雄牛が引く荷車に乗る者、いちばん多いのは徒歩の者だ。村人たちがオリーブ畑を通り抜けると、まばらな草のあわいで緋色のチューリップが燃える絹の旗を揺らす。葡萄が鮮やかな新しい緑の拳を万歳《ビバ》と叫ばんばかりに振り立てる。歓喜にあふれる景色、きらめく空から楽しげに舞いおりる鐘の響き。

農民たちは祝祭の日の喜びに湧き立っている。彼らにとって喜びの日、霽《は》れの日だ。道すがら笑い合い叫び交わし、素朴な横笛やギターの音楽に合わせて歌いながら、一行が目指すのは

町。こちらでも霽れの日が始まるところだ。素朴で美しい伝統的な田園の情景とは対照的に、こちらはすべてがどことなく不穏な雰囲気を漂わせる。入り組んだ眺めの通りや広場。中規模の南部地方の町だ。照りつける日射しはフラッドライトのように烈しい。花綱や連続旗や難解なスローガンが書かれた横断幕で飾られた通りは、どこも閑散としている。目抜き通りをのぼった先は大きな公共建築物で、正面のガラスの湖から大理石の階段と手摺りが伸びている。湖のほとりは満開のマグノリアの並木。木々の枝はエナメル革を切り抜いたように黒く硬く艶やかで、花が怖いほど白く咲き誇っている。(この光景は夢見る者に別の夢を思い起こさせるだろうか?)

扉口《とぐち》という扉口から通りへと今ようやく住人たちが吐き出されてくる。人々は一団となってぞろぞろと移動しつづけ、あらゆる空間を埋めながら続々と数を増やしてゆく。移動

する人波の立てる鼓動めいた雑多な足音は、集団の先頭が公共建築物の正面で分厚い人垣を作ると、行進曲や拍手、合唱や歓声となって競い合うように入り乱れる。野次や怒声も聞こえる。銃声が、ガラスの割れる音が、悲鳴が、遠くで鋭く響く。そちらの音は熱狂的な大群衆のなかにいるとほとんど聞こえない。

もちろん王女にもそれらは聞こえない、耳に届くのは、冠を戴き盛装して階段の上に歩み出たとき湧き起こった歓声だけだ。王女がそこに立って歓声に応えている途中で、割れたガラス窓越しに兵士の一団が部屋に踏み込むのがちらりと見える。部屋では男が一人、外のようすに気づきもせずに本を読んでいる。断片的な映像がつぎつぎと閃く——壊れて吹っ飛ぶ眼鏡、腕章をつけた腕が薄手のシャツを着た腕をひねり上げ、踏みつける……振り上げられるライフルの銃床……本は開いて床の上、ページは破られ、大きな泥だらけの靴跡に汚されて……ぐったりした男はやがて両側から腕をつかまれ、扉の外へと引きずり出されて、群衆のあいだに投げ込まれる……破れたシャツ、ねじれてちぎれたボウタイ、顔に貼りついた髪の房の下から流れる血。その場に居合わせた者たちは倒れ臥す男に見向きもしない、彼らの顔は見えない、誰も彼もズボンやスカートを履いた肉体でしかない。

労働者の鋲打ちブーツが、ツートンカラーのスエードや小粋なブローグやエナメルの靴が、テニスシューズやパンプスやサンダルが、ハイヒールのスリッポンが、身を丸めた男を機械のように踏みつけてゆく。

王女はこの一齣を見ていない(確かに、せいぜい一刹那の出来事ではある)、別のほうを見ている。王女が見ているのは村人たちの一行だ。やっと田園地帯からたどりついた一行は、今は人気《ひとけ》のない湾岸地区を抜け、兵士が立ち並び群衆が詰めかけている通りを目指して進んでくる。なに一つ見逃すまいと焦るあまり、村人たちは小走りだ。それでも、ときおりつい足を止めては町の素晴らしさに見蕩《みと》れ、子供っぽい嬉しげな驚きで顔を輝かせる。

〝子供っぽい〟という認識が芽生えたとたん、実際彼らは子供なのだと知れる。兵士も子供、群衆も子供ばかり、王女は金紙を貼ったボール紙の冠をかぶった少女だ。

少女は階段に佇んで、にこにこと、子供たちの甲高い歓呼の声を目いっぱい楽しんでいる。が、それもつかのま。意気揚々と見渡す少女の視線がふと捕らえたのは、こちらを向いた者たちに気づかれることなく一人そっと移動する人影だ。黒を纏ったその人物の見知った後ろ姿は、今は誰もいない湾岸地区を抜けてマグノリアのあいだを足早に視界の外へと消えてゆく。たちまち少女の脳の深部で葛藤が始まる。あちらからこちらへ、黒い枝の遠い木々から近くで叫ぶ顔の海へと落ち着きなく動く視線に、それが見て取れる。

　葛藤は始まったと思う間もなく終わり、少女は階段を駆けおりると、子供の群れを掻き分けて走りだす。冠が転げ落ちる。それを手に入れようとさっそく何人かが摑み合いを始め、冠はたちまち引き裂かれ踏みつぶされてばらばらになる。

もう少し年嵩になってから入学した全寮制の学校で、わたしは不幸でした――もっとも、初めから自覚があったわけではありません。そこは外側も内側も厭わしいところでした。部屋は騒々しくて寒くて人だらけ、そのなかでわたしは独り。もちろん、独りは常のことでしたが、でも、これはちがった。今度は悪い意味での独り、ひしめき合う厭わしさのなかでの独りなのです。凍った窓に塡め込まれているのはいつも冬。冬の光が荒涼とした丘々の頂を闊歩し、金属の木々は決して芽ぐむことがありませんでした。

わたしは遙か彼方の忘れられたことどもに――たとえば、ここではない国で太陽が輝くさまに、思いを馳せるようになりました。ある日、鏡の前で髪を梳かしていると、母が流浪の王女の顔でこちらを見つめ返していました。その日、気づいたのです、わたしは不幸だ、と。

一つだけ置かれた大きな剝き出しの丸テーブルに見開きのフォトコラージュが広げてある。週刊写真雑誌でよく見るレイアウトだが、サイズのほうは三倍か四倍ある。七時三十分を指しているのっぺりと白い時計の文字盤のディテール。鋭い抽象的な模様を組み合わせた光と影のジグソーパズルのような校舎。ホッケーシューズがあちこちに脱ぎ捨てられた散らかり放題のロッカールームのディテール。汚らしい手の跡がべたべた付いた洗面台の列、干涸らびた固形石鹸のかけら……閉め忘れた蛇口、半分詰まった排水口にちょろちょろと吸い込まれてゆく水……ねじれて限界まで引っぱり出された染みだらけでびしょ濡れの巻き取り式タオル。

高窓が並ぶ没個性的な教室の写真。直線的で飾り気のない実用本位の家具。なにもかもが必要以上に寒々しくて、侘しくて、悪趣味だ。よれよれの教科書や地図帳や標準英国文学全集(何冊かは逆立ちしている)が本棚からあふれ出し、その上に折れたチョークや絵の具箱、体操用棍棒《インディアンクラブ》やダンベルや縄跳びといったものが救いがたいほどごちゃごちゃと乱雑に積み重ねてある。灰色の斑点が散ったインク壺のクローズアップ、どろどろになったインクの澱が底にへばりついている。木の机の上、インク壺の脇の浅い溝にペンが二本、一本はピカピカの新しい替えペン先と青いペン軸、緩やかに細くなってゆくペン軸の端にはラピスラズリの小さなハートが付いている。もう一本は木のペン軸、ささくれ立って嚙み跡だらけ、ペン先は曲がって乾いたインクがこびりついている。

陰気な黒い暖炉の上では、二頭のブロンズの馬が筋骨逞しい半裸の乗り手にきつく手綱を引き絞られて、後脚立ちになっている。

細長いダイニングテーブル、汚れた白いテーブルクロス。骨製の、銀鍍金《めっき》の、木製のナプキンリングが、洗っていないテーブルナプキンを握り締めている。固まりかけたグレービーをかけたぶつ切りの巨大な骨付きマトン……ストーンホワイト色をしたジャガイモ料理……きらきらしたガラスの丸皿の上で、半分に切った果物が内臓の切れ端めいてぬめぬめと光っている。

　黒い台座の上で燦然と輝く立派な銀の優勝カップ、それから、いろいろな場所に置かれた形も大きさもさまざまなトロフィーのディテール。スピリキンズ・ゲームの細い棒そつくりに縦に横に雑然と積み上げたスケート靴、ホッケースティック、テニスラケット（反り止め木枠《プレス》が付いているのもいないのも）、クリケットバット。鳥たちが舞う空を背景に、ゴールポストから突き出たゴールリングのネットに吸い込まれようとするサッカーボール大のボール。平らで乾ききった短い芝生、影に捕まって動きを止める白いブラウスと膝丈のスカートの少女たち。ロープやフープ、クラブや平行棒を使って体操をしている少女たちの腕、脚、胴。舞台の上で整列する少女たち。暖房用ラジエーターのパイプで暖を取る少女たちの手。

　高さに比して横幅が狭すぎて、見るからに暖かくなさそうなラジエーターは、カーテンを閉めた夜の窓の下にぽつんと佇んでいる。倹《つま》しいカーテンの四インチの隙間で小さな月が冷たく嘲笑う。寮の部屋のほかのカーテンは、吊り下げた波板フェンスのように凄烈な月光を白々と映し、あるいは、ベッドの鉄の手摺りの脇に無造作にたくし込んである。カップボードのなかは、抽斗も、棚も、フックも、ハンガーも、ぎっしりと同じ服。共用の化粧台には額に収めた両親の写真が何枚も何枚も並んでいる。そのうちの数枚のクローズアップ。どれも同じ二人を違うポーズで撮影した写真……髪をふんわりセットして、やさしそうなだけで特徴のない、わずかに容色の衰えた女の顔……虚ろで無頓着なまなざしの、絵に描いたように軍人然とした立派《パカ》な英国紳士。白い蜂巣織りのベッドスプレッドを掛けたたくさんのベッド——いや、一つきりのベッドが、無限《アド・インフィニトゥム》に鏡に映っているのかもしれない。

　ロープを握るざらざらした労働者の手、黒く汚れて折れた親指の爪。それを際立たせるような雨模様の空、空の下で大きく揺れる鐘、くっきりと空に描かれる鐘舌《クラッパー》の輪郭。本の山の上の小さな真鍮のハンドベル、並べて置かれた角縁《つのぶち》眼鏡と万年筆。ふたたび時計の盤面。今度は長針と短針が直角にきっかり九時を指している。電球が一つだけ、いかにも寂しそうに脆そうに、白い天井から伸びた黒いコードの先の安っぽい白い笠の下にぶら下がっている……コードに止まった二匹の蝿。

　Bは丸テーブルに肘をついて、これらの写真をずいぶん長いあいだじっくりと真剣な顔で眺めている。目の前の写真が好みかどうか決めかねているらしい。最終的な判断は否定的なものだったようで、Ｂの視線はページを離れ、集中力がゆっくりと削がれてゆく。

　厳密に再現されていたモノクロームの夢がぼやけはじめ、画像の鮮明さはほとんど失われる。ここから先の統覚の性質は視覚的ではなく感覚的だ。なにもかも、半ば目を閉じて見ているかのように、わずかにピントがずれている。歪んでいるというほどではないものの、ひどく遠くにいるような、非現実的な雰囲気を醸し出すに足るずれかただ。

　まず、安らかだという一連の感覚印象——どれもが暖かさ、太陽の光、安全、愛といった概念と結びつく類《たぐい》のものばかりだ。背景には途切れる恐れのない穏やかな揺れ、子守歌。この感覚をなにかに譬えるならば、アメリカ深南部《ディープサウス》の「お月さまと遊びたい？　お星さまと駆けっこしたい？」のようなやさしい雰囲気の歌かもしれない（ただし、現実の黒人ばあやの連想は省いていい）。

　緑の葉のあわいからこぼれる点描画風の木洩れ日が少しずつはっきりした形を取りはじめる。土地の者たちが料理を包むのに使うような巨大なエメラルドグリーンの葉、縦横に折り重なって、透きとおって……ぼろぼろに裂けた葉の縁は房飾りを思わせる。たいそう理想化された東洋の男の柔和な丸い顔が穏やかにほほえむ。男の腕、手、黄色い指。器用な指がざわめく葉の影の下で薄紙に鳥や花や魚や葉を描いている。ほほえみながら、男は微風に乗せて絵を解き放つ。絵は吹き飛ばされて一枚、また一枚とほんものになる。鳥が赤い嘴を開けてさえずりながら飛んでゆく……葉が茂みに貼り付いて、花が葉のあいだで紫とオレンジの翼を広げる……魚がつかのま川面に浮いてから、つと水に潜って消える。太陽、暖かさと安らぎの確たる源、男。太陽の男のほほえむ黄色い顔、慈しみ深い黄色い指が巧みに世界を操る。

ふたたび穏やかな揺れ、言葉のないやさしい歌を背景にした、なんとも心地よく安全だという感覚印象、それが今度は唯一無二の縁《よすが》という助けを得ていっそう強まる。

菊花色の巻毛の女が――もちろんAだ――遠くにあらわれてだんだん近づいてくる。ゆっくりとためらうことなく近づいてきて、視界をふさぐほど近くまで来てようやく足を止める。悲しそうでも楽しそうでもない顔で静かにうつむいたAは、Bの手を取り、連れ立って細い道を歩きだす。秘密の、見えない、静かな、侵されざる道を、後ろへと伸びる道を、下へと伸びるトンネルを、二人は遠ざかってゆく、死火山の火口におりてゆこうとするかのように。

両親の館で覚えた魔法は、学校ではもう役に立たなくなりました。もっと強力な別の魔法を探すしかありませんでした。学校にあるのは昼の世界だけ、わたしはそれを受け入れるのを拒み、向こうもわたしを受け入れようとしなかった。安らぐことのできる秘密の場所を、わたしは見つけなくてはなりませんでした。

古き良き世界の伝統を受け継ぐ、田園地帯の広大な地所。ゆるやかに起伏する広やかな草地のあちらこちらにみごとな果樹園が点在している。どれも見本のように完璧な果樹ばかり、科学に基づき肥料を与えて摘果して、枯れた枝も実が付きすぎた枝も見当たらない。どこを眺めても同じだ。すべてが細かいところまで入念に計画され、保護され、世話をされている。何百年ものあいだこうだったことが一目でわかる。丘の上の館を取り巻く芝生は熟練の草刈り鎌でベルベットのようになめらかに刈り揃えられている。葡萄畑では立派な葡萄の房が垂れ、日当たりのいい塀沿いでは桃とネクタリンが熟れている。フラワーガーデンは色彩と芳香にあふれている。塀を巡らせたキッチンガーデンの肥沃な土は野菜の豊饒《コルヌコピア》の角さながら実りに満ちている。厩舎の屋根で気取った鳩が扇のように尾羽を広げ、馬房で見事な血統の馬が憩う。犬舎の扉口《とぐち》で艶《つや》やかな猟犬がまどろむ。木洩れ日を鏤《ちりば》めた木陰で優美な鹿が立派な猟鳥と仲良く禁猟地を歩きまわる。琥珀のなかに閉じ込められているかのように、透きとおった流れに魚が遊ぶ。飛び過ぎる雲を正確無比に映す湖面を白鳥が優雅に清らかに泳ぐ。ここには峨々たる山脈もなく、ジャングルもなく、氷河もなく、危険な熱帯のラグーンもなく、幻想的な動物や植物や鉱物の世界もなく、恐怖や驚嘆が呼び起こされることはない。ここではすべてが穏やかで調和がとれている。閉ざされ、非の打ちどころがなく、あらかじめ定められ、管理され、知りつくされている。

垢抜けた近代的軍隊の少佐の軍服に身を包んだ人物が、当番兵を伴って、きびきびした足取りで夢の前景に入ってくる。尖った小さな顎鬚を生やし、両肩には「連絡将校」の金文字が見える。つづく一連の動作はてきぱきと正確で堅苦しく、いかにも軍人らしい。

少佐が帽子を脱ぎ、まっすぐ腕を伸ばして帽子を差し出す。当番兵が左手で帽子を受け取り、右手で少佐の頭に光輪を取り付け、光輪から伸びる長いコードの先の電源プラグを床のコンセントに差し込む。光輪が灯る。当番兵が黒い革装の本を少佐に手渡し、敬礼して、歩み去る。少佐が本をひらく(背表紙の『寓話』の文字がちらりと読める)。歯切れのよい平板な声で、その日の指令でも読み上げるように、朗読しはじめる――

このような領地にとってまず不可欠なのがプライバシーであることはいうまでもない。仮に一般人が誰彼かまわず入り込んで木の幹にイニシャルを刻み、あるいは芝生に煙草の箱や紙袋など種々雑多なゴミを散らかすことが許されれば、その魅力はたちまちにして失われるだろう。諸事万端のあるべき姿を保ちたいなら一般大衆は排除されねばならないという事実から目を背けるわけにはいかないのである。

確かに、暑くて埃っぽい超満員のバスに乗って都会から来訪する観光客の立場からすると、かほどに魅力的な場所が生垣で囲まれているばかりか**立入禁止**の立札まで立っているのを目にすれば、落胆するのももっともだ。そのような者たちの考えかたも理解できるし、彼らが生垣越しに向こう側の涼しげで魅惑的な木陰の空地や花咲く谷間を覗き見るときの気持ちにも共感できる。ピクニックにもってこいの場所ではないかと、おそらく彼らは口々にいうだろう。さらには、この快適な場所を堪能する独占権は大土地所有者個人にのみ与えられるとする見解に怒りをおぼえるにちがいない。

が、そのいっぽうで、相手方にも同様に目を向ける必要がある。地所に縛り付けられて生涯を維持管理に捧げる大土地所有者の側にもなにか言い分があるのではなかろうか。こちらにもプライバシーを守る権利があることは疑いを容れない。ましてや、その人物が極めて感受性の強いタイプの、一般庶民とは相容れない階級に属する人間であり、下々の者とひしめき合って暮らすのにまったく向かないことがほぼ確実とあっては、なおさらである。そんな人物から静かな暮らしを奪うのはすなわちすべてを奪うこと、おそらくは人生そのものさえ奪うことにほかならない。彼の繊細な神経がそれほどのショックに耐えうるかどうかはきわめて疑わしい。階級としての大土地所有者が著しく無力であるだの極めて生命力に乏しいだのとほのめかすつもりはない。それどころか、価値を認めたものを守ることにおいて、このような上流階級の名士たちが目覚ましいばかりの不屈の精神を発揮する事例は誰もがたびたび耳にする。そのような場合、彼らはおよそいかなる労も厭わない――無形のもののためだろうと有形のもののためだろうと、それは変わらない。とはいえ、価値を認める対象（その最たるものはまちがいなくプライバシーであろう）がなければ、彼らは世界に対する興味を失い、結果的に引きこもることになりかねない。そのさまはあたかも人生に対しておのれの条件を提示し、そして、その条件が却下されたがゆえに、折衷案に対する不関与を選び取り、静かに誇り高く舞台から退場するのだといわんばかりである。わたしは承服しかねると、老いた大地主が半ばおどけて、なかば冷笑的に、最後通牒をものともせずに宣言する姿は想像に難くない。かくして彼は悠揚迫らざる態度で歩きだし、粛々と舞台をおりてゆく。長きにわたって広大な土地のただ独りの所有者である彼が、どうして卑しい闘争を生存原理とする大衆と同等にまで身を落とすことができようか。そうとも、何世紀もの伝統を背負う誇り高き血族の末裔が、俗なるものによる冒瀆を許すと思ったら大まちがいである。さらに、そんな彼が退場する前に、有象無象の手に落ちるぐらいならと、愛する所領を人知れず焼き尽くしたとしても、誰にも責めることなどできはしまい。

近年、集産主義的傾向がいやがうえにも強まっている。もちろん、この世の良いものは誰にでも平等に利用できるようにすべきだ、個人による土地所有は理論上いかがなものか、という考えかたを否定する者はいない。しかしながら大土地所有者に関しては、勤勉にして禁欲的、かつ道徳意識も高い場合が多々あるため、慎重なる考慮を要すると思われる。大局的に見て、彼らのみがその地位に就く資格を有するにもかかわらず、そこから即座に追放することが果たして最善の方法といえるだろうか。加うるに、個人の鍛錬のみならずさまざまな世襲的要件によって手にした資格の価値と威信は、いまだ充分に理解されていない。集産主義的観点からすれば、なるほど地所なるものは、いかに完璧に管理されていようと、共同体が利用できない以上はイデオロギー的に無価値である。対するに、このような地所が無能力かつ無経験な管理者にすっかり譲り渡されるならば、すべてが事実上やはり無価値なものと堕すであろう。現状維持を――たとえば現在の地主の死亡時まで――可能にすると同時に、土地の効率的管理および土地の利点の最大活用を担わせるべく庶民の教育水準の向上を図るといった、なんらかの制度を策定できないものだろうか。

いずれにせよ、この問題は一考に値しよう。思うに、こうした素晴らしい場所が手当たりしだい性急に開放されることになれば、無知な人間の軽率な破壊行為によってかけがえのない宝が地域社会から失われるといううきわめて切迫した危険が存在するのである。

行楽客が大挙してこのような地所に来訪したらどうなるか。何十年も手塩にかけた草花が根こそぎにされ、庭木が傷つけられるかもしれない。門が開け放ったままにされ、貴重な動物たちが迷い出て庭園を荒らす可能性もある。邸内の品々とて無事にはすむまい。何世代にもわたる名工たちの技巧の粋が一時間かそこらで蹂躙しつくされないとはいい切れない。

わたしは一般大衆を攻撃しているわけではないし、血気盛んな性向を非難しているわけでもない。未来の喜びの源泉を、その真価を正しく認識する機会を得る前に早まって手に入れることで失わないでほしい、そう願っているだけなのだ。それゆえ、由緒正しい大土地所有者に代わって、ここにこの嘆願書を提出するしだいである。

昨今こうした階級の者たちについて、背徳行為の限りを尽くす自堕落な人間、頽廃した人間として語る風潮がある。わたしの経験からして、これは決して事実ではないと断言しておきたい。行きがかり上、大勢の大土地所有者と接触したが、彼らは言動こそ当然われわれとはまったく異なるものの、皆一様に人品高潔にして控え目、私生活において甚だしく禁欲的な者さえ一人、二人は見受けられる。大土地所有者階級の擁護者だと見なされるのはわたしの本意ではない。むろん、すでに分を超えて彼らの権利について力説していることは承知のうえである。それでも、この難題の再度の熟慮を求めずして良しとするなら、おのれに対して不誠実というしかあるまい。

連絡将校が最後の文章を読み上げている最中に鐘が鳴りだして、初めは小さく、しだいに大きく執拗になり、呼応するように夢がしだいに透明になる。それを機に連絡将校は本を閉じ、光輪を取り外すと、一瞬虚ろな笑いを放つや、壊れた夢に溶けて消える。

なぜ昼の世界が現実になるのを防がなくてはならないか、今はもうわかっていました。これについての直感は正しかったのです。わたしの目は鋭くなり、敵の顔が見分けられるようになりました。同時に、いつの日か破滅に追い込まれそうな危険の存在も見て取れて恐かった。

昼の世界が現実になるかもしれないという恐怖ゆえに、わたしは別の場所に現実を築き上げるしかありませんでした。

真理、それがすべて。「眞理とは何《なん》ぞ」と発言した人物はまちがいなく重大な問題に言及したことになる。真理とは実のところ、この世界には真理が多すぎるということだ。世界には、どこからどう見ても、至るところに真理があふれている。そもそもこの真理なるものに気づくのは容易ではないが、気づいたら最後、黙殺するわけにはいかなくなる。

ありとあらゆる可能性もしくは不可能性は、どこかの時点でどこかの誰かにとって真理となる。地球がオレンジのように丸いことも真理ならパンケーキのように平らなこともまた真理。島の女神ランダが悪だということも真理なら仮面を外すと善だということもまた真理。表は黒魔術で、裏は白魔術。これはすなわち黒が白だと証明しているのではなかろうか。

アメリカは華やかで輝かしいものを想起させるというイメージは真理だ。アメリカは若者とギャングの跋扈する粗野で残酷な土地だというイメージは真理だ。

敗北主義は真理だ。戦争は真理だ。理想主義も然り、より良い社会への希望も然り。よりどりみどり。文明は滅びた。ユートピアはすぐそこだ。

文明の発展は真理だ。原子力プラス世界大戦。ヘンデルのオラトリオ『メサイア』より「ハレルヤ・コーラス」――HMV録音。世界大戦といえども、真理にはちがいない。あなたと共に眠りにつく真理があるかと思えば、虎たちが屋根で飛び跳ね永遠が絨毯の埃を払うように大地で羽ばたく午前三時にあなたを叩き起こす真理がある。愛することと憎むこと、外交的であることと内向的であること、成功と失敗、世界を旅してまわること、生涯一つの土地で暮らすこと、安全を確保すること、あらゆる危険を受け入れること、そこにも真理がある。そうかと思えば、シンクに山積みの汚れたグラスに見出す真理がある。真理は千差万別だ。

本が書き継がれることは一つの真理、読み継がれることはまた別の真理。ラジオは聴取者一人一人の好みに合う多様な真理を伝える。核戦争は真理だし、山上の垂訓もやはり真理だ。真理はつねに至るところに存在し、あらゆるものに宿る。だからこそ真理なのだ。確かに、これはすべて自明のことであり過去にしばしばいわれてきたことでもある。その真理もまた真理であることはほかの真理と変わらない。

画家は自分あるいは顧客の好みに合う絵を描く。画家。なるほど、では、一つ今から画家を観察するとしよう。

画家。いかにも画家らしい顎鬚、コーデュロイのズボン、大きな黒い帽子、ボヘミアン風のスカーフ。もしくは、サヴィル・ロウの〈シンプソン・シンプソン・シンプソン&シンプソン〉で仕立てた三十ギニーのスーツ。あなたのお好みのままに。とにかく、画家。若者として。熱意と持論とアルコールと情事に溺れている。老人として。成功して、伝記を書けと出版社から敬意を込めてせっつかれている――または凡庸で無名。そうでなければ、四十路にして挫折を味わい面白くもなんともないということ自体を面白がっている。いずれにせよ、画家。

彼はフィッツロイ・スクエアに背を向けてシャーロット・ストリートをうつむき加減に、

あるいは打ち沈んで、あるいは意気揚々と、あるいはのんびりと、あるいはきびきびと、あるいは肩で風を切って、あるいは諦め顔で、あるいは脇目も振らずに、あるいは心ここにあらずの態で、あるいは疲れたように、南へと歩いてゆく。画商の店とゴム製品ばかりのショーウィンドウを通り過ぎる。デリカテッセンと煙草屋と新聞売店の扇情的なポスター（ポスターはクリケットの結果でなければ死だの破壊だのいう大仰な文句にちがいない）を通り過ぎる。安レストランを通り過ぎ、垢じみた巻毛の子供たちが石蹴りをしているそばを通り過ぎる。死んだ塔（オックスフォードでなければモンマルトルでのすべての過ぎにし日々のように過去となり……ミュラエの戦いでわれらと同じ船に乗り、常世花《アマランス》の香りを放ち、血管に死を宿し、世界が終わるまではまちがいなく生きていたおまえのように空しくなり……もはや永らえるべくもなく……そんなふうに死んだ塔）を通り過ぎる。鋼の枝付き燭台の製作所を通り過ぎる。

画材店に入る。〈ジョージ・ラウニー〉だ。ラスボーン・プレイスの〈ウィンザー＆ニュートン〉でもいい。絵具という意味ではどちらの店でも欲しい絵具は手に入るのだから、どちらにするかは絵具的にはたいした問題ではない。ただし、ムッシュ・ルフランの絵具が好みだというならもちろん話は別だ。その場合はもう少し遠くまで歩いたかもしれないし、歩かなかったというのが真相かもしれない。

実をいうと目下のところ画家が求めているのは絵具方面ではない。水彩絵具でも油絵具でもなければ、画家向けの絵具でも学生向けの絵具でも職人向けのペンキでもない、何語でいおうと関係ない。したがって、ディープ・ウルトラマリンだかウトラメール・フォンスだかオルトレマーレ・スクーロだかウルトラマール・オスクーロだかを勧めても言葉の無駄遣いでしかない。

今日の画家の関心の対象はかなり荒目でいささかのくすみもない真っ白な大判のワットマン水彩紙だ。それを四個の画鋲（だかドローイングピンだかピュネーズだかサムタックだか——現時点でどこの国にいるかによる）で地平線に留め付ける。次いで、たっぷり色を含んだ筆がすばやく動いたかと思うと、ドラゴンの背に二列に並ぶぎざぎざの突起さながらに急峻な山麓を覆う黒い森が、その向こうの鉄黒の山々が、下のほうの底知れぬ谷の黒緑の水が、流れるように描かれてゆく。そうしてあらわれたのは黒と灰色と極限まで暗い青緑の織り成す寒々しい風景だ。今にも降りだしそうな空、不吉な山並み、冷たく淀んで固そうな氷めいた水、入り込む者を許さぬ針葉樹の森、エクトプラズムのように揺蕩《たゆた》う巨大な滝の細かい水しぶき。命の気配はない、生き物の姿はどこにも見えない。どこか遠い山岳地帯の、峻厳で陰鬱な静けさ、死の気配だけ。と、そのとき、不意に高みの岩間から飛び出して舞い上がり、高々とそびえる尖峰の上空を滑空する二羽の大きな鳥、おそらく鷲が、並んで舞い下りたかと思うと切ないまでに目くるめく空中戦を繰り広げる。二羽揃って真っ逆さまに飛翔しながら絶えずもつれ合い、冷たく穢れなき千フィートの虚空をまっしぐらに急降下して、あわや水に突っ込もうかというその刹那、奇跡のように体勢を立て直すと、悠然と、そうとわかるほどのわずかな羽ばたきさえ見せずに、凄絶な愛の飛翔の絶頂で絡み合ったまま、すべるように水面すれすれを飛んでゆく。

パレットナイフが軽やかに翻り、今までの絵が剝がれてまっさらな画用紙に場所を譲る。今回の画家の画風は一変している。ロマンティックな陰影はなし、メロドラマ調もなし。描かれているのは今度は街並み――というより、街並みの一角だ。店のショーウィンドウ、正確にはおもちゃ屋のショーウィンドウで、中央にノアの方舟《はこぶね》が飾ってある。渡り板をのぼる鳥や獣の一団、仲間外れはいない、なにもかもがきちんと整い、まちがいは一つもない、同じ種はかならず牝牡《めお》のつがい、ミミズさえもがつがい——もっともこれは、うっかりまちがえていないともかぎらない。しんがりはノア夫妻、二人で肩を並べて運んでゆくのは棗《なつめ》よろしくくっついた虹色の大きな二枚貝だ。二人が乗り込むと、乗船口が閉まり、ガブリエルが角笛を吹き鳴らし、黄金の胸当てを着けた美声の婦人伝道師がシャンパン・ボトルを舳先で叩き割って進水式の仕上げをする。友よ、勿体ないと嘆くなかれ。地の面《おもて》を人や獣で満たすのは生易しいことではないのだ。それに、どのみち最高級のシャンパンではなかった。

一九二一年の比類ないモエ・エ・シャンドン社のキュヴェ・ドン・ペリニヨンでもない。同じ年の素晴らしいランソンでもない。絶妙な味わいのモエ・エ・シャンドン・クラウン・インペリアル・イングリッシュ・マーケットでもない。ペリエ・ジュエやポメリー・エ・グレーノやボランジェやクリュッグやエルネスト・イロワやポル・ロジェやクリコ・イングランド・ドライやエドシック・モノポールなどの一九二八年ものでさえない。

心配めさるな、諸君、これを失敬してきたところにはマグナム・ボトルだのジェロボアム・ボトルだの、シャンパンが浴びるほどある。上流階級の結婚披露宴は、シャンパン・クーラーに収まった金色のキャップシールのボトルはもちろん、胡蝶蘭とキャビアとダイヤモンドと真珠と最高のクチュリエの手になる超高級服とどこぞの皇太子の香水であふれんばかりだ。同志よ、無粋な質問は引っ込めろ。今さら過去を蒸し返すな。なんとかして人口を増やすしかないのだ、ちがうか？　そうでなくては、いつでもどこでも誰とでも戦いつづけることができなくなるではないか。

ストライプ天幕の下から披露宴の客たちが去ってゆく。車で、バーで、仕切りなおして相手を替えて、夜に備える。繰り広げられるのは昔ながらの行為——紫煙立ち籠めるパーティでの、公共交通機関での、一流ホテルでの、安酒場での、郊外の邸宅の談話室《パーラー》での、公園のベンチでの、陸橋の下での、お決まりの情事。背景を小人の隊列がぞろぞろと行く。

ふたたび絵が剝がされる。どうやら画家は今や苛立っているようだ。画用紙を剝がしてひらひら舞い落ちるにまかせるだけでは飽き足らず、今回は細かくちぎって、くしゃくしゃに握りつぶすと、煙草の吸い殻と空になった煙草の箱、マッチの燃えさし、絵具だらけの襤褸布、最後まで絞り切った絵具のチューブといっしょに、むっつりした顔で暖炉に放り込む。今朝は軽い二日酔いなのかもしれない。朝食のコーヒーが思いのほか薄かったのかもしれない。一日の始まりにはほんとうはダブル・エスプレッソが二杯必要だったのかもしれない。午前の郵便物のなかに大量の請求書があったのかもしれない。昨日妻が出ていったのかもしれない。変わることなく穏やかに澄んだ瞳の天使とたまたま目が合ったのかもしれない。あるいは、無数に起こりうるほかの災難のどれか一つが理由で自分の努力に不満を感じているのかもしれない。

けっきょくのところ、こういうことは映画のほうがずっとうまくやれる。そんなわけで、夢の銀幕に目を転じよう。そこには三つのテーマが同時に映し出されている。

そのうち最も影響力が弱いのは、背景として使われている今にも消えそうな、かなり控え目なテーマ——隊列を組んで右上から左下へと斜めに進んでゆく制服の人物だろう。この人物は皆そっくりで、特徴がなく、豆粒のようで、色もついておらず、なにやら統計の線グラフの下描きのようだ。等間隔に並んだ隊列は、スクリーンの端から端まで伸びていて、終始ミディアムテンポを保ちながら、脚をまっすぐ伸ばして斜めに蹴り出すいわゆる鵞鳥足行進で進んでゆく。隊列の通過が目に与える影響は、背景で降る雪か小止みない雨という程度で、若干煩わしい程度だ。このテーマは薄くもならないし濃くもならない。ほかの二つのテーマが展開してもなんら変化はしないし、それによって消されることもない。

ベースとなるこのモチーフを背にして、ほぼ水平に、液体めいたゆらゆらうねる帯となって、カップルで踊る男女がスクリーンの左手から小さくあらわれ、中央に向かうにつれて徐々に大きく（何組かは途方もなく大きく）なり、右手に移動しながらふたたび小さくなる。踊り手は一人一人見分けがつくので、年齢、階級、国籍も異なる人物が、幽かに聞こえる雑多なダンス音楽と遠くで響く途切れ途切れの行進曲の混沌とした複雑なリズムに乗って、皆好きずきにステップを踏んでいるのが見て取れる。顔が大写しになる時間はさほど長くないため見極めにくいが、ディテールは一つ一つがつぎからつぎへとはっきり浮かび上がる。イートン・ジャケットを着た少年が、まばらな青い髪をマルセルウェーブにしたいかつい猪首の冴えない五十女と踊っている。年の頃は六十代半ば、狭量で威圧的なサディスト・タイプを絵に描いたような険しい顔の判事風の男が、ぴかぴかのエナメル靴を履いた足で堅苦しいステップを踏む。男のぎこちなく曲げた腕のなかで作り笑いを浮かべるのは、透ける白いモスリンに身を包んで花も恥じらう十六歳の乙女に見事に扮した少年だ。紅を差した乳首が白い生地越しに目について、背赤後家蜘蛛の赤い斑点を連想させる。詩人と思《おぼ》しき聡明そうな眼鏡の気取った若者が、シルクシャツに赤ん坊のおむつという格好で、縫い目という縫い目が弾けんばかりにタイトなサテンドレスの大柄な黒人娘と踊っている。詩人の双子の弟も兄と同じ出立ちだが、こちらのほうが血色がよくて眼鏡の代わりに光よけのアイシェードを着けている。弟がおむつに合わせているのはモノグラムを刺繍したストライプのブレザー、パートナーはピーター・アーノが描くような金髪娘で、ごくごく普通の身ごしらえだ。白いレースの肩掛け《フィシュー》とキャップのかわいらしい老婦人は、ブリリアントカットのダイヤモンドを散らした三インチのピンヒールの上で、腫れた足首が危なっかしくぐらついている。手術着の外科医は、ガーゼマスクとゴム手袋で不吉なまでにグロテスクだ。イエローダイヤモンドをきらめかせた東洋の紳士がいる。制服のバス運転手がいる。夜会服《トゥニュ・ドゥ・ソワレ》のボタンホールにレジオン・ドヌール勲章をぶら下げた、優雅で威厳たっぷりな顎髭のアカデミー・フランセーズ会員がいる。飛行士、ベルボーイ、呪術医、科学者、タイピスト、ウェイター、美人コンテストの優勝者、牧師、自転車選手、娼婦、サンドイッチマン、料理人、校長先生、プロボクサー、中国人、王がいる。こうした人たちがどんどんパートナーを入れ替えながら、ワルツやシャッフルやグライドやルンバやタンゴやウォークやホワールやなにかでスクリーンを横切ってゆく。

第三のテーマはこれ以上ないほど甘ったるい感傷的な流行歌が伴奏になっていて、無数の歌の断片が重なり合ってやかましく耳を打つ。それに呼応するようにせわしなくスクリーン上にひらめくのは、幾つもの映像の切れ端だ。庭園や温室でのお決まりのラブシーン。階段で抱き合う少年と少女。蒸気船の船縁で肩を寄せ合い手摺りにもたれて月の出を眺めるカップル（月はサーチライトだ）。探る唇、重なる体。手（男と女の）が相手の手を、体を、まさぐり、撫で、握り、求め、震え、つかみ、肩のストラップをおろし、ボタンを外す。ビーチで激しく絡み合う水着の男と少女の、上からのショット。仰向いた少女の恍惚と虚《うつ》けた顔のクローズアップ。ボート、車、ベッドルーム、公園、ダンスホールなどなどでのさまざまにエロティックな一齣。スクリーンの至るところに脈絡なくあらわれるそれらの映像は、いずれも一秒とつづかない。いってみれば、高層ビルのあちこちの部屋で電気を点けたり消したりしていろいろな位置の窓がちかちか明滅するのを眺めているようなものだ。

ダンスバンドや軍楽隊やクルーナー歌手の音楽が混沌の極みに達する。と、スクリーン中央の下端から白っぽい、丸っこいものがあらわれて、風船のように、泡のように、ゆっくりと真上へ、上端めざして移動しはじめる。イグルーかもしれない。卵かもしれない。静かにじりじりとそれは上昇しつづける。なかではBがあぐらをかいてすわりこみ、本を読んでいる。その泡だか風船だかイグルーだか卵だかは、スクリーンの上端に到達したとたん、おしとやかなゲップを思わせるくぐもった音を立てて静かに破裂する。

泡の破裂が引き金となって三つのテーマの崩壊が始まる。踊る人たちと恋人たちが四方八方に乱れ飛ぶ。飛散する。ばらばらになる。音楽もいっしょに消失する。

背景の隊列はなおも控え目な行進をつづけているが、ほどなくそれがなにかの制服を着たかなり幼い少年たちだとわかる。ボーイスカウトか、なにかほかの青少年団体か。

二十人ほどの少年の一団が真夏の炎天下、土埃の舞う道を行進している。一糸乱れぬ行進とはいいがたい、歩調が合わない者もいるし、列からはみ出す者や遅れる者もいる。皆、暑くて疲れて少々うんざりしている。踵に水ぶくれができて、脱いだ靴を手にぶらさげ、素足をひきずって歩く姿も見える。

右手に、道と並行に、立入禁止の札のある金網フェンスで隔てられて、冷たくきらめく湖が広がっている。岸辺には花菖蒲が群生し、小さな桟橋には塗装したばかりの手漕ぎボートが舫《もや》ってある。湖の前で行進は止まり、隊列が完全に崩れる。少年たちは我勝ちにフェンスに駆け寄ると、子牛のように寄り集まって、ボートと水に羨望のまなざしを向ける。列がばらばらになると同時に、フェンスの向こうの柳の陰から、笑顔の少女が二人(一人はまちがいなくB――もう一人は若かりしころのA？　二人はずいぶんよく似ていて、見分けがつかない)日の当たる斜面にあらわれる。ほほえみ交わし、周囲には目もくれず、二人だけの世界に浸ったまま、少女たちは手を繋いで桟橋へと向かい、舫い綱を解いてボートに乗り込むと、岸を離れて湖のまんなかへと漕ぎ出す。

少年たちの目の高さで、フェンスの太い金網越しに、鳥籠を覗き込むように、途方もない孤独感と隔絶感を纏ったボートがみるみる遠ざかってゆくところが映し出される。ボートはおもちゃの、水鳥の、遙か彼方の水面に浮かぶ落葉の大きさになり、やがて消える。

一刻の猶予も許されない状況で、わたしは新しい夜の魔法の使いかたを編み出しました。夜の時間の魔法で、昼からの避難場所として頭のなかに小さな部屋を作ったのです。そこに招かれるのは幽霊だけ、人間は誰も入ることができません。人間はわたしにとっては昼の世界を気儘にうろつく虎と同じ、危険な存在でした。隠されたこの部屋なら虎から身を守れます。とはいえ、ときおり虎が羨ましく思えました。ときおり獰猛な美しさに太陽の下へと誘《いざな》われては、少しずつ危険に惹かれるようにもなりました。そんなときは、深い傷から血が流れるように、気弱な愛が苦しいほどにこの身からあふれるのを感じたものです。虎たちはそんなわたしの愛の血をぴちゃぴちゃ舐めて、あいかわらず敵のままでした。昼の住人たちはわたしが渡したかった贈り物を嘲笑い、わたしは彼らの傲慢な口に裏切られまいとして、秘密の小部屋に閉じこもったのでした。

誰かが慌ただしく階段を駆けのぼっては駆けおりている。この哀れな男をこうまで駆り立てうるとはいったいどんな無慈悲な苦悩なのか。階段（幸いそう長くはないが、そうとう急だ）の下にたどりついたとたん、男はただちに踵を返して全速力で上へと向かう。と思うとすぐさま駆けおりて、大急ぎで転がるように下まで来るとまたしてものぼりだす。

そんな具合に男は駆けつづけ、のぼっておりて、のぼっておりて、のぼっておりて、まるで檻のなかの栗鼠か回し車のなかの二十日鼠だ。これほどせわしない動きを見せられるのはひどくつらい。とんでもない転びかたをして腕か脚でも折るのではないか、心臓が耐えきれずに倒れるのではないかと、心配ではらはらする。すでに男は疲れ果てて擦り切れて影か幽霊のよう、顔の造作もおぼろげではっきりわからない。

刻一刻と男はますますおぼろげに、ますます薄くなってゆく。同時にどんどん小さくなってゆき、そうこうするうち変化する夢の視点が男を遠く追いやって、ついに、男の必死の慌ただしい動きは巣のなかの蜘蛛の動きほどにも注意を引かなくなる。

光り輝く空に今しも咲き初《そ》める大輪の花、あれは雲だろうか、山だろうか。ことによると人影——神々しい霊的存在、自身の光輝で顔を覆った熾天使か神かもしれない。光は徐々に夢全体を浸食してゆき、もはやほかのものが入る余地はない。肉体を持たぬ連絡将校の声ですら入り込むのがやっと、朗読も切れ切れにしか聞こえない——

祝福された精霊たち　　光に包まれて天界を歩み、穏やかなる永遠の清明を湛えた歓びの眼《まなこ》で見つめ

常《とこ》しえの清明を湛えた天界の眼が開かれて見つめる月は驚くほど明るい。眼が位置するのはおそらくは神の高み、そこから見える地球はまるで高度三千フィートを飛んでゆく飛行機から眺めているかのようだ。

天界の眼の下に繰り広げられる冷たい、不変の夜の眺め、月光、茫洋、虚無、孤独、寂

寞。その容赦ない無限の視界はときおり急降下して近距離のディテールに焦点を合わせるものの、どんなものにも決して長くは留まらない。この眼は静寂と宇宙の記録を、悪夢を、この世のありとある恐怖を、冷たく空《うつ》ろに超然と覗き込む。実際に眼が存在する軌道上から観察できる範囲は個々の孤独の概念次第だが、いかにも孤独を連想させる象徴的なものはといえば、それは海——黒く膨らみ、ゆるやかに波立ち、こんもり丸いうねりの一つ一つがきらきらと月光を映す鎧の硬さの輝きに覆われた、目路の限り広がる海の遠景だ。果てしない、どことも知れぬ、名もなき海岸、平らな骨白の砂、切れ目のない黒い木々の矢来……荒れ狂う無益な力を殷々と爆発させ、何百万トンもの狂気を積み重ね、轟き渡り、崩れ落ち、狂った月の欠片の鎖帷子を寄せ集めて渦を巻く、重たい恐ろしい不変の怒濤……握り拳の関節にも似た蒼白な山稜。

眼はゆっくりと沈んでゆき、梢の高さを移動しながらナイフが鋼をかすめるように黒い板めいた椰子の葉をザワザワと騒がせ……

そして、牙を生やした醜怪な石の偶像を、偶像の前に寝そべって腐りかけの肉塊を齧るハイエナを眺め……さらに低く沈んでゆき、三つ連ねた人間の頭蓋骨が風のなかで物憂げに噎び泣くさまを矯めつ眇めつし……ふたたび中高度までのぼってその無感情な凝視を向けた先に見えるのは、死の白をした氷冠……疫病で穢れた川が這いまわり、絶え間ない砂嵐にあちこちを蹂躙された平原が瘡蓋《かさぶた》のように貼りつく爛れた大陸の希望なき広がり……爆撃された戦場や焼滅の腐敗が進む瓦礫の街……人気《ひとけ》のない村の屋根の連なりと毒に冒された庭、雪や月影のなか無情に崩れ落ちた壁、黒々と無に塗り潰された虚ろな窓。
そうしたものを、弛みなく微塵の揺るぎもなく観察し
そのすべてを無次元のBが瞳の奥から同時に共有しているが
やがて新たな形が像を結びはじめ、関心が向けられるのは——

城　　太陽

太陽が今まさに町の上にのぼろうとしている。昼と夜の勢力圏が入れ替わる寸前の、力が拮抗する瞬間。空の左側の低いところではまだ満月が急な切妻屋根を軒先まで白々と照らし、月影に艶《つや》めく窓の奥で今なお人々が寝息を立てている。
町の反対の端では前触れの淡い撫子色が東から扇形に広がりつつあるものの、人々はや

はり家でベッドのなかだ。とはいえ、こちらの眠れる者たちはもぞもぞと身じろぎし、早くも夢から抜け出そうとしているのが見て取れる。月が思慮深く淑《しと》やかに身を翻し、背後に青い裳裾を引いて、悪戯な薔薇色の指の従者たちがちょっかいを掛ける間もなく、優美に地平線の向こうに姿を隠す。と、スポットライトのなかに太陽王陛下が威風堂々あらわれて、金の鬘《かつら》のカールを整えながら、日々の施しを優雅な仕草で無造作に気前よく放り投げ、黄金色の火の粉を嗅ぎ煙草の粉さながらレースの襟から弾き飛ばす。

最初の金色が城の塔の風見鶏に当たるやいなや眠れる者たちが目を覚まし、ベッドカバーを撥ねのけて、大急ぎで服を着る。いっせいに朝の営みが始まる。鸛《こうのとり》の巣のかたわらの煙突から勢いよく立ちのぼる白い煙。フライパンでジュージュー焼けるベーコンと卵。花柄の特大カップにそそがれる湯気の立つコーヒー。町じゅうにあふれる陽気でにぎやかな朝食の音と、それに混じって響く郵便配達のノックの音。これらすべてがいちどきに起こる。つづいて学校の鐘が鳴りはじめ、サッチェルバッグを肩に掛けて林檎を持った子供たちがあちこちのドアから転がり出てきておしゃべりしながら狭い通りを埋め尽くす。通りは仕事に出かける人、市場へ向かう荷車、屋台を広げる露天商、洗濯物の束をかかえた洗濯女、牛乳配達の手車を引く犬、ロザリオや小さな黒い聖書を手にして急ぐ司祭などで、すでにごった返している。あっという間に昼の営みが着々と進みだす。今や働く者は皆忙しく仕事に励んでいる。校舎の窓から漏れ出すざわめき。市場に並んだ食料品を心得顔でつつき、はたまた屋台で値切ろうとする主婦。湯気の立ちこめる共同洗濯場で袖まくりして泡まみれで冗談をいい合い、あるいは怒鳴り合う女たち。犬は役目を終えて小さな手車の影で喘ぎ、司祭は神聖な告解部屋にひっそりと引きこもる。

町を見はるかす城の高みからBはこうした活動をいくぶん疑わしげに観察している。城の二つの小塔に挟まれた平屋根がテラス風になっており、ここにBは佇んで、豚の顔と悲しげな人間の目をした鋭い爪のガーゴイルの隣で、胸壁越しに見下ろしている。眼下の光景は風変わりで、楽しげで、せわしげで、おもちゃ屋のようでもある。ただ、恐ろしい夢の情景にも似て、あまりにも当たり障りがないせいで逆に警戒心を掻き立てられる。この邪気のなさそのものがどことなく妙なのだ。これほどあからさまな無害さがなにかの脅威を隠していないわけがない。その脅威ははっきり表に出てはこないが、ちょっとした気配や出来事に潜んでいて、それ自体はなんでもないことなのに、緊張感、不安感、危機感をいやがうえにも高めている。

たとえば――

開け放した窓の奥、影がわだかまる部屋のなかで、そこはかとなく不穏な動きがぼんやりと見分けられる。と、不意に手があらわれて、窓を閉ざし乱暴にブラインドをおろす。

小さな公園のなか、数人がぼんやりと眺める前で、枝箒と柄の長いレーキを手にした男たちが落葉を集めて焚火をしている。まだ夏の盛りで落葉などないはずの季節だから、いやでも目に付く。

きちんとした身形の男が、鞄を提げて急ぎ足で通りを駅へと向かっている。絶妙のタイミングで駅に着いて、切符売場の前に立ったとたん遠くに汽車の白煙が見えてくる。ところが男は切符を買わず、急にふたたび駅を出て、ポケットからチョークを取り出すと、近くの家のドアの一つになにやら印をつけ、まったく別の方向へ急ぎ足で去ってゆく。

Bはこの手の出来事を注視しているわけではない。というより、全体のパターンに気を取られているせいで、それらはいずれも瑣末な出来事としか映らず、目撃したことすら意識していない。とはいえ、知らず識らずにそれらに影響を受けている。心の底に巣食う漠然とした不安はこれに起因するものだ。

と、新たな音が聞こえてくる。歓声と拍手だ。城に近づいてくる。名高いバレリーナを乗せた無蓋馬車が町を走り抜けてきて、道行く人々がそれに気づき、通り過ぎる馬車に向かって拍手喝采を送っている。Bは胸壁から身を乗り出して眺める。素晴らしくよく見える、馬車はまっすぐ城門をめざしている。黒玉のように磨き立てられた、立派な馬車だ。馬たちは美しく、艶《つや》やかで、元気がいい。馭者が手綱を引き、馬たちが歩みを緩める。そう、Bが佇む場所の真下で馬車が止まろうとしている。さっきから小塔のまわりを旋回していた一群の鳩がいっせいに通りに舞いおりる。前もって申し合わせてあったといわんばかりに、馬車と跳ね躍る馬を鳩の群れが取り囲む。

金髪のバレリーナが顔を上げて手を振る。こちらにおりてらっしゃいな、とBに呼びかけている。いっしょに馬車で出かけましょう、町を案内してあげましょう。その声は鐘の音のようにまっすぐ届く。

Bは動かない。心のなかでは激しい葛藤が繰り広げられている。有名なダンサーのところへおりていきたい、塔から遠目に眺めるのではなく間近に町の風景を見てみたいと、切望するBがいる。いっぽうで、引き留めようとするBがいる、わざわざ城を出る危険を冒すことはないと警告している。

さあ、おりてらっしゃいなと、何度もバレリーナが呼ぶ。

わかった、行くと、ついに迷いをねじ伏せてBは答える。待っていて。すぐに行く。お願い置いていかないで。今すぐおりていくから。

足早に胸壁を離れようとするBめがけて鳩の群れが舞い上がり、周囲を飛び交い、翼であたりを覆い尽くし、そのせいでBには自分の向かう先がはっきり見定められない。ガーゴイルが軋むような音をぎしぎし立てる。必死で鉤爪を伸ばそうとしているのは、制止のつもりか、懇願のつもりか。Bはとうに鉤爪の届かないところだ。鉤爪の動きも、石の目から石の涙がじわじわと痛々しく押し出されて豚の鼻先まで流れてゆくのも、目に入らない。

ほどなくBは馬車に乗り込んでいる。元気いっぱいの馬の後ろでバレリーナの隣にすわって疾駆するのはなんと愉快な気分だろう。こんな素敵なことはない、新たな世界だ。スピード、興奮、道行く人の歓声、脱帽、会釈、万人に賛美される人物の連れとして羨望の的になる特権。町そのものも、この角度からだと、新たな姿を纏っている。遠近法の作用でBの目には短く見えていた通りも、思っていたよりずっと長くて立派だ。貧しい地区に通じる曲がりくねった路地でさえ、冒険と不思議な体験を約束している。

曲がり角にさしかかるたびにバレリーナが新たな驚異を指さして、ほらごらんなさい、と叫んで腕をもたげる。すると花の萼《がく》さながら袖が翻り、新たな不思議が姿をあらわす。噴水で少女が手桶に水を汲もうとしている。ところが馬車がそばを走り過ぎたとたん、ダイヤモンドが、エメラルドが、サファイヤが、イルカの口から噴き出して、富と幸運が一筋の光の帯となってきらきら手桶に流れ込み、たちまち貴石が手桶を満たす。バレリーナが笑う。丘の上から響き渡る鐘の音を思わす笑い声。その鐘の音をBはどこか別の場所で聞いたようにも思う。

ほらごらんなさい、とバレリーナがまたいう。馬車が通りかかった家の窓辺という窓辺の花がいっせいに咲きだして色鮮やかな花びらを振りまき、馬車と乗客に馨しい紙吹雪の雨を降らせる。

こうしたことがつぎからつぎへと絶え間なく起こる。けれど今や馬たちは凄まじい速さで駆けていて、入り交じる断片的な光景以上のものを見て取るのは難しい。馬車が走るスピードは目くるめくばかり、角をまがるたび、Bはバランスを崩すまいと座席の縁にしがみつかねばならない。ずっとずっと上のほう、青く燃える空を、馬車と同じペースで鳩の群れが飛んでゆく。馬たちの荒々しい蹄が石畳の通りを激しく叩く。

速すぎる、とBは叫ぶ。なんにも見えない。もうちょっとゆっくり行ってくれない？ Bは実をいうと少し怯えている。馬がどれか一頭すべって転んだらどうしよう、馬車がひっくり返ったり人を轢いたりしたらどうしよう？ きっとそんなことが起こるにちがいない。

ダンサーは笑うだけだ。おそらく馬車の疾走と轟音でBの言葉が聞こえないのだろう。いずれにしろ、その表情に不安の翳りはまったく見えない。金の髪が風になびいて、力と歓喜に輝く笑顔を金の炎さながら包み込む。

唐突にめくるめく馬車の旅が終わる。急に手綱を引かれて、馬が棹立ちになり、足をすべらせ、止まる。馬車が激しく揺れる。まだ揺れが収まらないうちに、バレリーナが小鳥のごとく馬車から飛び出して、緑の靴の足で壮麗な建物の階段を飛ぶようにのぼりだす。

建物の外で馬上の騎士像が脅すように大剣を振り上げる。

どこ行くの？　待って、とBは叫び、大急ぎで馬車から降りる。ダンサーは答えもしないし振り向きもしない。Bが置き去りだと気づいていないのかもしれない。Bの存在を急に忘れてしまったのかもしれない。

慌てふためき後を追ってBも階段をのぼりだす。けれど追いつけない。緑の足が小鳥のように飛んでゆく階段を、Bの足はのろのろと、果てしない苦闘の末によじのぼることしかできない。目の前にそそり立つ一つ一つの段はまるで壁のよう、力を振り絞って一段ずつ体を引きずり上げるのが精一杯だ。足がどうしようもなく重く感じられて思いどおりに動かせない、熱が高いときよくあるように、自分ではない誰かの足のような、重石をつけているような気がする。Bはもう一度、さらに一度、バレリーナを呼ぶ。だが、希望はすでになくしている、返事はないと知っている。二人のあいだに立ちはだかる巨大な馬上の騎士の向こうに、ダンサーはとうに姿を消している。

それでなくてもBは疲れきっていてもう叫ぶ気力がない。できるのはせいぜい呼吸を整えることぐらいだ。もはや一人きり、まわりを囲むのは敵意に満ちた顔ばかり。ついさっきまで熱狂的に手を振り歓声を上げていた群衆が一変して今は腹立たしげで、恐ろしげで、気難しげだ。黒っぽい服に身を包んだ人々は、危険な動物の群れさながら押し黙ってBをにらんだまま、思い出したように身じろぎ、つぶやき、不吉な視線を交わし合う。露骨に非難する者はない。が、この場所に足を踏み入れたBに腹を立てているのが感じ取れる。Bにはここにいる資格がないのだ。この不法侵入に対しては厳しい罰を受けることになるだろう。どんな罰かは見当もつかない。ただ、なにをするかわからぬ獣よろしく上目遣いでねめつける陰気で邪悪で愚鈍な顔の群れを見れば、残虐な罰にちがいないとわかる。

群衆の輪がじわりじわりとBに迫る。一見、前進しているとは見えない。だが、身を守ってくれる空間は徐々に狭くなってきて、そう長くは保ちそうにない。うろたえたBの目が狂おしく四方を探る。けれど、希望の兆しはただの一つも見出せない。見上げれば、窓もなにもない建物の正面が断崖さながら切り立って、空を覆わんばかりだ。糾弾する無慈悲な指を思わす騎士像の剣の長く伸びた黒い影が、群衆の頭越しにまっすぐBを指している。下の通りに馬車の姿はすでにない。

低い唸りが湧き上がる。津波か、地震か、天変地異の前触れか。いや、群衆だ。全員が声を揃えて運命を決する告発の言葉を唱えている。今や明確な意図を持って、囲みの輪が縮まりつつある。Bはさながら罠にかかった二十日鼠。どうすればいいのかわからぬままに、まずはあちらへ、それからこちらへ、くるくるまわる。一箇所だけ、群がる人波が薄そうなところが目に入る。あの部分なら強行突破できるかもしれないと考えて、そこをめがけてBは突進する。同時に、体が落下するのを感じる。どこまでも伸びる階段全体があろうことか足元から崩れだしている。突風と共に鳩の群れが舞いおりてきたかと思うと、力強い翼をはためかせてBに群がり、持ち上げて運んでゆく

その先は見たところ窓も扉もない狭い部屋だ。壁一面に五芒星や杖や剣といったオカルトの記号が書きなぐられている。本棚がある。花瓶か骨壺のような形状のものが幾つかちらちらと仄かに光っている。Bは狭いベッド(かもしれないし、ちがうかもしれない)に腰かけて、十字形の蠟燭立てに立てた四本の蠟燭の火明かりで本を読んでいる。とても暗い。蠟燭の小さく瞬く光の輪が照らすのは、Bと開いた本と埃だらけの石床の一部だけ、ほかはすべて影に覆われて、部屋の四隅には濃い闇がわだかまっている。四つの炎が揺ら

めくたびに、四囲の壁のあちこちで記号や文字が模様のようにうっすらと浮かんでは闇に沈む。絶対的な静寂。無音。ほぼ一定の間隔でBの手が動いてページをめくる。

そうこうするうち部屋の片隅の闇がわずかにうごめき、濃さを増す。初めは動きというほどの明確なものではない。むしろそのあたりの闇が凝縮したとでもいおうか。やがておぼろな闇の蛹から二人目のBが、Bのドッペルゲンガーがあらわれる。影から生まれたBが、光に近づいてゆく。そっくりな顔で、そっくりな金の巻毛で、とはいうもののこちらのほうが見るからに年上で、悲しげで、自信ありげで、冷静で――そう、いうまでもなくAだ。AはBの背後に佇んで、肩越しに覗き込み（Bは気づいていない）、Bが読んでいる本をいっしょに読んでいるのか、しばらくそのまま動かない。と、おもむろに部屋の片隅にもどってゆき、さっきあらわれたのと逆の順序でゆらりとこの場面から消え失せる。

Aの消滅と同時に、さやさやしゅるしゅる幽かな音が始まる。どことわかる場所からではなく、部屋全体から発していて、たいそう低く、四囲の壁や天井や床が声を上げているようにも感じられる。その衣擦れか、ささやき声か、風に吹かれる枯葉めいた音のなかに、ときおり危険についての言及が不完全ながら聞き取れる。この時点から先はこうした音が水、木の葉、風の不明瞭なささやき声としてひたすらつづくが、ときおり唐突に**危険**という単語やその類義語が明瞭に響く。Bは意識して聞いてはいないものの、気にならなくもないとみえて、この単語が飛び出すたびに、顔を上げたりそわそわと身じろいだりする。とうとうBは勢いよく立ち上がり、不安げに部屋を見まわす。その拍子に、押しやられた本が蠟燭立てにぶつかって蠟燭を揺らし、光の波が飛び散って、前に後ろにぱらぱらめくれる本のページのように、光と影が交互にめまぐるしく入れ替わる。

同時に、これまでのささやき声が普通の話し声の、騒ぎ声の、怒鳴り声の大きさへと高まってゆき、ついには耳を聾さんばかりの大音量で**危険、立入禁止、窓をあけるな危険、死の危険**《ダンジェ・ド・モール》といった言葉を同時に、ばらばらに、割り込むように、競うように、止め処もない早口で語気も鋭く絶叫する、入り乱れた声となる。

そのとき耳をつんざく大音声がはたと止んで、長い乾いた唸りと呻きに変わったかと思うと、木材が折れる音、石材が割れる音がピシッ、バキッと断続的に加わって、部屋全体が内側に崩れ落ち、原形を留めぬ粉々の瓦礫の山のなかに跡形もなくBを消し去り、粉塵がもうもうと水しぶきのように立ちのぼるのが見える。これを、変わることなき虚ろな月の下で、天界の眼がつかのま捉えて、通り過ぎてゆく。

母は虎を恐れていたのでしょうか。わたしたちの静かな館で母が死と踊ったときの音楽の主題は、それだったのでしょうか。

学校が休みに入って帰省しても、あいかわらずわたしは独りでした。どの部屋もなにも変わっていませんでした。いっときも離れたことがなかったように同じでした。母の〈悲しみ〉と〈物憂さ〉は、窓に映る影や雨といっしょにまだ館で暮らしていました。わたしが口に出せない問いを抱えて部屋から部屋へとさまようときは、彼らの気配もついてきました。

ときどき、わたしを悩ませていることを父に問いただしたいという思いに駆られたものです。わたしは父から目を離さずに最適の機会を待ちましたが、そんなものは決して訪れませんでした。父はいつも忙しそうに見えました。いつも時間に追われている見知らぬ偉い人のようでした。父はわたしに代わって実務的なことを決め、わたしの人生の進路を定め、然るべく事を終えるとわたしのことを忘れました。

学校も家も同じ。わたしは独り。これをわたしは受け入れて、どこへ行ってもなにが起きてもいつもそうだと諦めました。昼の世界にわたしの居場所はない。わたしの家は闇のなか、わたしの友は窓ガラスの向こうで手招きする影でした。

夢見る眼《まなこ》が開くと、今回は連絡将校の声だけではなく目に見える姿が映る。おそらくは前と同じ本（ただしタイトルは見えない）をまた朗読しているが、出立ちは前と打って変わって、帽子はかぶらず、軍服の上に白い長い上着——うわっぱりなのか手術着なのか——を羽織っている。いちばん目に付く違いは挙動だ。もはや自信たっぷりとはいえず、声は不安げ、表情には迷いがあり、しじゅう窓の外にちらちらと怯えた視線を投げかける。窓の外には遠く霧に浮かぶ蜃気楼めいた城が見える。窓と少佐本人以外、この古めかしい陰気な大広間のなかではっきり目に映るものはない。なにもかも陰気で暗くて影のようで、人も大勢いるのに、別の次元の存在に感じられる。知覚できるのは絶え間ない幽かなざわめきだけ。なんというか、透明な聴衆がそこらじゅうに腰かけて、身じろいだりささやいたり、霞のようなパンフレットをめくったり見えない足を動かしたりしている風だ。

　ただでさえ本を朗読するときは緊張する。ましてや、ここにいる目に映らぬ聴衆の醸し出す雰囲気はとうてい温かいとはいえないのだからなおさらだ。背後では底意地の悪いくすくす笑いとも取れるものが響いている。悪夢じみた『不思議の国のアリス』的不条理、これがとりわけ不安を掻き立てる。不条理な要素はある種の建築上の気紛れと光の揺らぎにも明白に見て取れるが、そのせいで建物は絶えず変化して、教会にも、法廷にも、刑務所にも、手術室にも、拷問部屋にも、地下納骨堂にも似て見える。少佐がこうした不可思議な圧力に刻々と影響を受けつつあることは、朗読するようすと声音の緊張感の高まりからも明らかだ――


　親族間で誤解や不和が発生する一例をつぎに挙げる。

　Bは、ある些細な問題をめぐって父親と話をしたいと考えている。すでに何度か話をすべく試みているものの、成功していない。これまでの試みは常にタイミングがよくなかった。たとえば、父親がまさに出勤しようとしていて、しかもすでに何分か遅れており、それ以上は引き留めることができないというときに声をかけたり……あるいは、父親がとりわけ複雑で難解な公務をやっと片づけて帰宅したばかりで、ものをいう気力もないほど疲れているときに話しかけたり……そうでなければ、他の諸事情が好都合だったにもかかわらず、父親が自身で対応せざるをえない重要な用件が所属省庁の次官から電話で知らされたり……と、そんな具合である。

いつ話をすればいいか今日こそ朝食の席で父親に決めてもらおうと、Bは心を固める。ところがいつもの時間にダイニングルームに行くと、お父さまは普段より早めに朝食をすませてお出かけになりました、とだけ聞かされる。

Bは後を追って父親の勤め先に行くことにする。通勤列車に乗って、通常なら四十分あまりで着く距離である。ところが今朝は、運行予定の変更通知がとくにないにもかかわらず途中二時間以上かかったうえに、やっと列車が乗客を降ろした駅は町のまったく別の場所で、その先はわかりにくいバスを利用せざるをえず、数回に及ぶ乗り継ぎを経て、ようやく目的地にたどりつく。

到着が大幅に遅れて不安と焦燥に苛まれているBに、お父上は昼食に行っていると、秘書がレストランの名を告げる。Bもよく知っている名である。秘書は親切で思いやりのある男で、なんとかBの力になろうと、すぐ追いかければお父上が食事を終える前に会えるはずだと教えてくれる。Bは礼をいうと、急いでその場を後にする。だが、そこが行きつけのレストランで、B自身何度も連れていってもらったことがあるにもかかわらず、どうしても見つからない。通りすがりの人に道を尋ねてもてんでんばらばらな答えが返ってくるばかりだ。あげくの果てに、あそこの建物はこのあいだ危険建造物に分類されて数日前から解体工事が始まっている、と警官から聞かされる。

Bが慌てて引き返すと、ビルの正面玄関前に止まった車から父親が降りるところに行き合わす。父親はその場で足を止めて運転手になにか話しかけている。Bは父親を呼びながらそちらへ駆けだす。声は通りの騒音に掻き消されて届かない。しかも、ちょうどそのとき折悪しく、近づくバスに乗り遅れまいと大勢が押し合いへし合いしながら押し寄せて、目の前の歩道を足早に横切る父親とBとのあいだに割り込んでくる。Bが追いつくより早く、守衛が会釈しながら開けた扉の向こうに、父親は姿を消す。Bがその扉を通ることは絶対に許されない。車が正面玄関から離れてゆくのが見える。扉が閉ざされるのが見える。

状況は絶望的だ。あとは家にもどるぐらいしかできることがない。
帰路にはいつも以上の時間はかからない。ところが帰宅すると、父親は先にもどってい
てすぐまた出かけたとわかる。別の町への出張を引き受けざるをえなくなり、近ごろ娘と
過ごす機会があまりなかったから行く前に顔を見たいと、Bが町で見かけた直後に車を飛
ばして帰ってきたらしい。行ってくるよと娘にいおうとなんとか暇を見つけて長時間運転
してきたのに、肝心の娘は家にいないし時間を無駄にしたしでずいぶん腹を立てていた、
とBは聞かされる。実際、Bがもどるかもしれないと三十分ほど待っていたが、とうとう、
いつごろもどるのかもわからないし、自分の仕事のほうは一刻を争うからと、苦々しげな
顔で憤然として出かけていったという。それを裏付けるように、今回のことは非常に残念
で不愉快だと、書き置きが残されている。
良かれと思ってやったことが裏目に出てひどく落胆しながらも、お父さまが出張からも
どったら真っ先に今回の行き違いについて全部きちんと説明すればいいのだからと、Bは
自分を慰める。しかしほどなく、父親は来週まで帰ってこないし、そのときには自分はも
う家を離れているはずだということを思い出す。

ふたたび郊外の高級住宅地にある〈楡館〉。立派な邸宅だ。楡は以前よりわずかに背が高くなっている。今は雨。柔らかい芝生はたっぷり水を含んで、緑のスポンジのようだ。黒い木の幹が雨に光っている。館の濡れた煉瓦壁。扉と窓枠のペンキは昔に比べていくぶん色褪せている――とはいえ、これは気になるほどではない。

木立に囲まれた館の全景、木群《こむら》越しに四方に見える近隣の家々の屋根。灰色に冷たく激しく降りしきる雨のなかで木々の梢が悲しげだ。木の葉は雨滴の重みにうなだれては雫を撥ね飛ばし、自由になってはふたたび重みにうなだれる。急勾配の瓦屋根全体が水の薄膜の下で泳ぎ、雨は細い筋となって横樋に流れ込み、縦樋をごぼごぼ流れくだり、排水管からちょろちょろ流れ出て、濡れそぼった地面に吸い込まれてゆく。ポーチ脇の水溜まりで雨粒がさかんに飛び跳ねる。鎧戸が半開きの窓を叩いてコツコツと解読不能のメッセージを発信する。

今度は邸内。季節も時刻も定かではない。部屋はどこも底冷えがするうえに、小止みない雨の幕に覆われた窓が暗い空を映すせいで仄暗い。今しがた正面玄関の扉が閉ざされた鈍い響きが、雨音と鎧戸の幽かなコツコツの狭間にいつまでもひっかかっている。ほとんどの部屋は使われていない。時代遅れで愛でられることもない骨董品が埃の溜まったドローイングルームに哀しく寂しく整然と居すわっている。東洋の小箱はどれも空っぽ、虫喰いだらけの白檀の扇は行き場をなくして折りたたまれたままだ。閉め切ったキッチンの扉の向こうで使用人の女が二人、カップを手にして腰を落ち着け、お茶を飲みながら噂話に花を咲かせている。二人は館のほかの部分と無縁に見える。館のほうもこの二人の存在に影響を受けていない。

独りBは当てもなく部屋から部屋へとさまよい歩く。物憂さ、寂しさ、単調さ、気怠さを巡る旅だ――もっとも、自分ではそれを意識していない。どの部屋もどの部屋も窓という窓には雨の灰色の薄膜がかかっている。重厚な家具の硬質な光沢や分厚い詰め物。気取った堅苦しい男性的な部屋の電話や革や煙草のにおい。上品でよそよそしいダイニングルームの銀器の輝き。

最後にBは自分の部屋に行くと、しばらくのあいだ佇んで雨に溺れる窓ガラスを指で叩いているが、やがてベッドに腰かけて本を開く。

本が開くと同時に正面玄関の扉が閉ざされる音がバタンと鈍く響く。アタッシェケースを手にした黒いビジネススーツの男が、慌ただしく家を出て、車に乗って走り去る光景が、この音に重なる。館の空っぽの部屋べやを満たす雨音、物憂さ、無為、鎧戸のモールス信号。澄まし顔の使用人たちはキッチンに籠り、絵入り新聞とお茶の閉ざされた世界で二人きり。

Bがページをめくる。どのページも前のページとまったく同じだ。手の動きがどんどん速くなり、ページが親指と人差し指のあいだでぱらぱらと映写機《ビオスコープ》の映像さながらぼやけるほどの速さでめくられ、玄関扉がバタバタと銃の連射を思わす鈍い音をつづけざまに撒き散らす。最後のページにたどりつき、Bは本を閉じ

そして本を鉄道の客車の座席に置く。列車は轟音を立ててトンネルに入ってゆくところだ。Bは振り向き、透明な客車と貨車ごしに背後を見やる。後方遙か遠く、たいそう小さく、黒く丸いトンネルの額縁に填め込まれた郊外の館が、木立のあいだで依然として灰色に叩きつける雨に濡れながら、ひた走る列車に置き去りにされて、凄まじい速さでさらに

小さくなってゆく。

終着駅は騒音と混乱の坩堝だ。大きくて冷たくてむさくるしく、目がまわりそうな押し合いへし合いと怒鳴り声、蒸気を逃がす音、ホイッスルとけたたましい発車ベルの音であふれ返っている。誰も彼もがひどく急いでいて、幾つかのグループが別々の方向に息せき切って駆けてゆく。皆それぞれにありとあらゆる類《たぐい》のものを抱えている。本の山、鞄、オーバーコート、ブーツや靴、食品、ぬいぐるみ、絵画、ペット、不格好な木製品、バットやラケット、持ちにくそうな地球儀や看板。と思うと、今度はその荷物を慌ててそこらに置きはじめる。ところが、一つのグループが荷物をなにかの順番どおりに全部並べ終えるやホイッスルか発車ベルか怒鳴り声が響き、それを合図に、ふたたび並べたものがすべて大急ぎで抱え上げられ別の場所に置きなおされて、そこでまた一から同じ作業が繰り返される。この大混乱に加えて、スピーカーが絶え間なくなにかの命令やら指示やらをがなり立て、これに少しだけ小さめの音量でスピーカーを通さずに朗読だか詠唱だかをする別の声が重なり、そこに友人同士怒鳴り合うように会話をつづける声が入り混じる。さらに、このごちゃごちゃのグループがあたふたとあちらへこちらへ動きまわるだけではまだ無秩序に程遠いといわんばかりに、グループに入っていない者たちがあいだをちょこまかと駆けまわり、付近の人を押し分けて強引に反対方向に進み、箱の山のてっぺんから飛びおるというありさまだ。高いところにある窓枠によじ登り危なっかしく腰かけて、迷子の仲間かなくした荷物でも探そうというのか、聞き取りがたい金切り声でなにやら尋ねかける者までいる。

この大騒動のただなかでBはおろおろするばかり。責任者らしき人物がこれこれのグループに入りたまえと声をかけてくれるが、どのグループかは聞き取れず、もっと詳しく教えてと訊き返す間もあらばこそ、指示を発した人物の姿は消えている。Bは落胆してあたりを見まわす。こんな騒々しい場所でいったいどうやって自分の居場所を見つけろというのだろう？　誰も彼もBにまったく関心がないようだ。Bがなにをしようと、どこへ行こうと、どうなろうと、どうでもいいとみえる。どこかへ移動しようが今いる場所に一日じゅう留まろうが関係ないと思っているらしい。みんな自分の荷物に手こずりながら絶えずBにぶつかったり押しのけたりするばかり、一瞬でも足を止めて質問に答えようとする者は一人もいない。ときおり、ほかの者より親切な誰かが、人ごみに紛れる前に頓珍漢な指示を叫んでよこす。Bにはなにがなにやらまったく理解できない――この喧噪で一言、二言しか聞き取れないとあってはなおさらだ。

Bは今度こそ希望を失いかける。ここにいる者たちは揃いも揃ってとにかく乱暴で注意散漫、自分たちの支離滅裂な作業にばかり夢中で、注意を引こうとしても虚しいだけ。おまけにこの場所はとてつもなく広くて、暗くて、どこもかしこも見分けがつかない。こんなところを一人で歩きまわるのはそもそも不可能に思える。どちらへ移動しても、せかせかと駆けまわる人群れだったり、いちばん下からなにかが引っ張り出されては崩れ落ちるそのたびに一からごちゃごちゃと積み上げられる雑多な品物の山だったりで、方向を見失いそうだ。

とはいえ、いつまでも一つところに突っ立ったまま、あちらへこちらへ小突かれたり押しやられたりというわけにもいかない。目標になるものは見えないが、とにかく向こうのほうは騒がしくないからと、Bは方向を定めて移動する。どういうわけかそちらは人の数が遙かに少ない。群衆の大部分が急に別の場所に行ったのかもしれない。

ほどなくBは一人きりで静かな一角にいる。目の前に扉がある。どうやら使われることを意図したものではない——というより、人目につくことを意図したものではないようで、壁とまったく見分けのつかない色に塗ってある。けれど、ドアノブをまわすと扉はあっけなく開き、通り抜けたその先は細い踏板、下に舞台が見えて

そこでは『卒業舞踏会』風のコミカル・バレエが演じられている最中だ。踏板は小さくて頼りなくて、巨大な竹馬にでも乗っているかのように、舞台の袖にしつらえた足場の上でバランスを保っている。Bはびくびくしながら端まで進んで下を覗く。

舞台を均一に照らすまばゆい光、暖かい色合い。遙か頭上から舞台全体を照らす強力なフラッドライト（スポットライトではない）とフットライトの光だ。フットライトの向こうは影の引き潮に洗われて、客席がかろうじて見分けられる。オーケストラはまったく見えない。バレエ音楽は躍動感にあふれている。たいそう陽気で、生き生きして、甘ったるさはない。まさに「えもいわれぬ香気と豊かに爆ぜる響き」を備えている。

黒いサテンの膝丈ブリーチにバックルシューズという出立ちの舞踊教師《バレエマスター》が、男女半々か

ら成る総勢二十人の子供の指揮を執っている。男の子は華やかな士官候補生の制服で、ストラップ付きの白い長ズボン、手袋、銀ボタンか金ボタンに飾緒《かざりお》をあしらった色とりどりのモンキージャケットという姿だ。女の子の衣裳はもっとバラエティに富んでいる。何人かはよくある若向きの白のパーティドレスとバレエスカートを足して二で割ったような、ちょうど膝小僧が覗く丈のモスリンドレス、これに合わせて、固めのシルクで作った色鮮やかなフリンジ付きの幅広サッシュベルトを腰に巻き、背中で大きな蝶結びにしている。バッスル・スタイルやクリノリン・スタイルのスカートの裾からレースのパンタレットを覗かせた、時代がかった格好の子も一人、二人。ほかにも、華やかにアレンジした伝統的な学校制服、光沢のあるベルベットのムスリム風チュニックにキャンディ・ストライプの襟を合わせた子がいる。髪型や小物類も、金髪の縦ロールのウィッグ、太いリボンを結んだ長いお下げ髪、慎ましいシュニール糸のシニヨンネット、扇、黒や白や色物の透かしレースのロンググローブ、甲の部分がクロスゴムになったブロンズ色や黒のバレエシューズ、色とりどりのサテンのトウシューズと、さまざまだ。

舞台では十二小節の陽気なフレーズの繰り返しに合わせて、生徒たちが二列に並んで踊っている。最初は女の子が前になり、きびきびと勿体ぶったステップを踏みながら先導するバレエ教師の後について進んでゆく。それからピルエットでくるりとまわって今度は男の子が前になり、敏捷な黒いバッタを思わす教師をしんがりにしてもどってくる。教師が華奢な触角めいた腕を振りながらバックルシューズで床を踏み、乾いた音がカツカツ響く。

ここでリズムが変わって、女の子がいやに畏まった物腰で、一人、間、二人、三人、間、といった按配に、不規則にあいだを空けて進み出ると、ゆったりしたスキップでまんなかに集まり、白粉をつけたお仕着せの従僕たちが一人一人の足取りに合わせて並べてゆく脚の長い華奢な椅子の前に立つ。

女の子が椅子に腰かけて、足首をクロスさせ、両手を組み、皆一様にいかにもお淑やかなポーズを取る。

そこへ男の子が、ブリキの兵隊めいた隊列を組んで全員揃って登場すると、左から右へ、きびきびした足取りで行進して、それぞれの椅子の前で立ち止まり、踵を打ち合わせ、おもちゃの兵隊のしゃちほこばった敬礼をする。

女の子が立ち上がる。

従僕たちがすばやく静かに一つ残してすべての椅子を片づける。残った椅子は舞台中央にぽつんと置かれている。

会釈《バウ》とお辞儀《カーテシー》をしかつめらしく交わしてから、生徒たちが二人一組で躍りだす。厳しく目を光らせるバレエ教師の前で、足さばきも身ごなしもわざとらしいほど上品《コミルフォー》だ。教師は一つきりの椅子に立ち、この高みからあたりを矯めつ眇めつ、カップルを一組ずつじっくり順繰りに観察しながら、リズムを取るのに使っている指揮棒で、しくじった者の肩をときおりすばやくぴしゃりと叩く。

テンポが速まり、始まったときあれほど上品だったダンスがしだいに堅苦しさを失いはじめる。密やかなほほえみやささやきが、悪戯っぽいまなざしが、一つのカップルから別のカップルへと広がって、あけすけな悪ふざけ、不真面目さ、じゃれ合いへと、どんどん箍《たが》が緩んでゆく。バレエ教師は叱りつけ、怒鳴りつけ、指揮棒で左右を打ち据えるが、効き目はない。威厳はみるみる損なわれ、もはや言うことを聞く気をなくした生徒たちをまったく統率できない。しまいに教師はからかいの的になる。生徒たちは、男の子も女の子も、物真似しては囃し立て、振り下ろされる指揮棒をすばやくよけてはかたわらをすり抜ける。とうとう一人の男の子が指揮棒を奪い取り、嘲るように振りまわしながら踊りだす。別の男の子が椅子を傾け、教師を床に突き落とす。今や激昂したバッタにしか見えない教師は、くるくるまわるカップルのあいだを跳ねまわり、怒りに歯を噛み鳴らし、大切な指揮棒を、自分の権威の象徴を、取り返そうとしてもその甲斐なく、やみくもに打ちかかる無力な拳は冷笑と共に受け流されるばかりだ。

速く、もっと速く、足が飛び交う。速く、もっと速く、スカートが渦を巻く。やがて踊りは『汚れなき時代』張りの乱痴気騒ぎ的様相を呈す。中央で踊り狂うマエストロは真っ黒な昆虫めいて、激しく振りまわす乾いた棒切れそっくりの四肢が今にも付け根からもげそうだ。

この混乱のただなかに、舞台へと伸びる梯子の横木をリズムに合わせて緑の靴で探りさぐり、Bがおりてゆく、音楽に足も頭も浮かれ気味だ。Bはくるくるまわるドレスの、ふわふわなびく巻毛の、ぴしゃりと頬に当たるお下げ髪の渦にためらいなく飛び込むと、カップルのあいだを爪先立って行きつもどりつ、わたしと踊ってと片っ端からせがんでまわる。けれどパートナーを譲る者は一人もいない。けっきょくBは熱に浮かされたパ・ド・

ドゥをバレエ教師相手に踊る羽目になる。二人揃って振子のように体を揺らし、螺旋のように旋回し、すべるように横移動《グリッサード》し、そうしてBはパートナーを探し求め、バレエ教師は顔の前で焦らすように振りまわされてから嘲るように放り投げられ、生徒たちの手から手へと渡ってゆく権力の象徴たる指揮棒を追いかける。

ついに、破壊的な荒々しい和音と共に、幻想曲が終わる。と思う間もなく、今度は繊細な夜明けのモチーフが限りなく透明に、若々しく、清らかに始まる。暁の歌だ。

ペチコートの衣擦れもさやさやとやさしげに、白いズボンの脚さばきもきびきびとのびやかに、ダンサーたちが舞台から捌《は》けてゆく。舞台袖には椅子が今は三日月形にゆったりと並べてある。女の子が腰をおろし、小鳥のように髪を、スカートを、扇を撫で付け、整え、はためかせる。男の子が床にすわり込み、あるいは椅子の背にもたれかかる。

舞台中央ではバレエ教師とBに加えてもう一人、ほかの生徒といっしょに退場しなかった女の子が新楽章の冒頭の控え目な旋律を踊っているが、やがてそれはマエストロの指揮のもと、二人の女の子の和解を育む。

バレエ教師は指揮棒を、それに伴う権力を、いつの間にかとりもどしている。細い指でぶら下げた指揮棒を音楽に合わせて優美に揺らしながら、教師は自ら踊って二人の女の子に手本を示す。二足の緑の靴が、三フィートほど離れてぴったり揃った動きを見せる。ここまでの音楽はこの世のものとも思えぬほど霊妙繊細、踊っている女の子同士の距離からも、基本に忠実に正しく保たれた頭と体の位置からも、その雰囲気が感じ取れる。夢のような幻のような雰囲気はなおもつづく。ところがそのうち、最初の無垢な朝のテーマに、なんともいえず挑発的な、淫靡な響きが重ね合わされ、女の子たちはもっと近づくと、手を繫ぎ、最後は指を蜘蛛の巣のように複雑に絡め合う。

手を繫いだ二人が軽やかにバレエ教師の前に立つ。すると教師の背丈がだんだん高くなってゆき、教師の顔に向けられた二組のよく似た一途な目もゆっくりもたげられてゆく。頭上に浮かんだ教師の顔を、女の子たちはつかのま訝かしげに見つめるが、ほどなく視線を落とすと、確信ありげに目配せし合う。しばらく二人はそのまま見つめ合っている。と、ちらりと幽かな笑みを同時に浮かべ、寸分違わぬなめらかな動きで夢見るようにくるりと一回転、それからふわりとしなやかに腕をもたげ、お互いの腰にまわす。

バレエ教師の頭はすでに天井に達している。天井は彼の髪、ステージを照らすのは彼の目から放たれる光、建物を支える柱は彼の脚だ。指からは操り人形《パペット》の糸が垂れている。さらに何秒かのあいだ彼はパペット二体の糸を操って、緑の足をぎくしゃくと前後に動かし、曲がらない腕を持ち上げて小刻みに揺らしつづける。金鍍金《きんめっき》の無数の椅子には無数のパペット（パッチワークキルト用に溜めておいた色鮮やかな端布《はぎれ》を袋からぶちまけたのが散乱しているかのようだ）。無造作に放り出され、仰向けで宙に脚を突き出し、横向きに重なり合い、二つ折りになり、頭を床にくっつけている。人形使い《パペットマスター》が残りの糸を落とす。パペットの最後の二体がくずおれて、曲がらない腕を前に突き出したままお互いの肩にもたれかかる。巨大で、骨張って、乾いた手がそちらに伸びて、親指と人差し指でぞんざいに一体をつまみ上げ、見えない高みへと運んでゆく。光が消える。「これにて終幕」は口にされないまま、虚無の灰色の風が舞台から吹き寄せる。

学校生活は悪い方向に進みはじめました。わたしはたびたび規則を破って居残り部屋に行かされました。周囲には「手に負えなくなった」といわれるようになりました。誰もがわたしに怒ってばかりでしたが、なかにはやさしく声をかけて話を聞いてくれる人もいました。でも、わたしは答えなかった。やさしさというものを信じられなかったのです。医者に「考えていることを話してほしい」といわれたこともありましたが、それも信じられませんでした。ひょっとしたら敵方の人間かもしれないと思うと口をきく気になれなかった。この人が虎の仲間でないとはいいきれないでしょう?

だいいち、学校は時計仕掛けの装置で、自分がいつも問題を起こすのはその装置に合わないせいだなどと、説明できるわけがありません。初めはわたしも合わせようと努力した。でも、今はやめました。どうしても無理だったから。なにもかも譲り渡さないかぎり昼に居場所はないとわかっていたし、それだけはしないと決めていました。昼の世界は敵。わたしを拒絶したその世界の権力者に服従するわけにはいきません。彼らはわたしを辱め、傷つけた。そんな連中にどうして屈服できるというのでしょう？

窓の下の平らな卓上に山積みの書類をかなり拡大した映像。横から見た書類の山は、強烈な光のなかで妙に記念碑めいた印象で、石でできているかに見える。のっぺりと黒い平面に置かれた四角い慰霊碑の模型を眺めているといった趣だ。山の一番上は一面真っ白、昼の光の虚ろな白。冷たい白い光は飛び出た書類の角を鋭く縁取って、ぎざぎざした浮彫りか階段のような具合に直方体の黒い影に溝を刻んでいる。

染みもなく指輪もない大きな手が書類の山に近づいてゆく。手の持ち主は男でも女でもおかしくない。無機的に動く指の爪は短く四角く綺麗に切ってある。氷の白さの紙の上で手肌は獣脂の色に映る。

手がつかのま中空に浮かび、沈む。一番上の書類の縁に沿って親指がグリッサンドを奏で、ほかの指は上のほうで丸まったまま、角まで進む。と、人差し指がすばやくおりてきて、親指と協力して書類を一枚ゆっくり持ち上げる。手はしばらくその紙を垂直に掲げ(上端に書かれた**テスト結果**、そして**症例記録**の見出しに、順に一瞬ピントが合う)、それから、水平にしてすべすべの黒い面におろす。

紙は今は卓上に平らに置かれ、周囲を縁取る輪郭が細く見えるだけだ。その背後に垂直にそびえ立つ書類の巨大な山。山のてっぺんは視界に入らない。光沢のある大きな黒い銃身を思わせる万年筆が紙に向けられる。きらきらしたペン先が黒インクを吐き出しながら丸い先端でまばゆい光の塊を運びはじめる。

ペン先はつぎからつぎへと裁定をくだしながら、印刷されたコメント欄付き項目がずらりと並ぶ紙の左端をどんどん下へと移動してゆく。書類の上のほうの**行動**でいったん止まる。ためらってから少しペースを落として下へと進み、**症状**へ。そこでふたたび止まる。狙いを定める銃のように万年筆が持ち上がる。この位置が保たれているあいだに、ずっと遠くで、鐘が鳴りだす。鐘の最後の一撞きと同時に、ペン先がきらりと光を弾いて勢いよく紙に向かい、接触して短く爆ぜる音を発する。

たちまち、音と光が集まり、凝《こご》り、連絡将校（今は元どおりのりゅうとした軍服と自信をとりもどしている）の声と光輪になる。将校は背表紙に書名が入った元どおりの本を開くと、元どおりの冷たく、歯切れよく、平板な、軍人らしい声で読み上げる——

ターミナル駅の時計

主要ターミナル駅に設置する時計の選択は重大な問題である。その場の思いつきで解決できる案件ではない。そこらの時計屋《オルロジュリー》にちょっと出かけていって目覚まし時計や腕時計を買うのとはわけがちがう。とんでもない。これはまったく別の事案であり、何年にもわたる調査、検討を要する可能性さえある。少しでいいからこの問題のさまざまな側面を見ていただきたい。最初に、この種の時計が備えているべき基本的性能について確認してみよう。まずなによりも計時機能が正確でなくてはならないことは誰もが認めるところであろう。多くの緊急事態が——膨大な商取引と国家運営はいうに及ばず、文字どおり生死に関わる事態が——いかにその点を頼みにしているかを思えば、ほかはすべて二の次でしかないことに疑いの余地はない。人類に誠実さが残されているのならば、正確さの公正な基準を求める気持ちもまた然り。しかし、そうはいっても、われわれは困難の始まりに立ったにすぎない。「正確さ」の概念は不変ではないからである。それどころか、それは絶えず変化している。自分にとっては完璧に正しい時を刻む時計でも、隣家の住人にとっては信頼度が低い場合があるし、事情が変われば自分にとってもそうなる場合がある。では、かような判定は誰の手に委ねるべきなのか。最善策は（〃多数〃を規定しうるならば）多数決に頼ることなのかもしれない。しかし、これは実現の可能性が低い。今日は大筋で意見の一致を見た者たちが明日には対立して、われもわれもと以前の合意に取って代わる新たな見解を持ち出しかねない。

このような障害は端《はな》から人を思考停止に導く。それゆえ時計の機能についてはこだわらず、むしろデザインについて考えるほうが賢明かもしれない。ここでもやはり同一コミュニティ内のあらゆる集団が異なるものを求めるであろう。実用重視の者は簡便な機能を好む傾向が強いし、美観重視の者は見た目の芸術性を望む。これらの対立はさらに細分化されて、よりいっそう小さな対立を生むことになる。たとえば画家であれば、いわゆるモダニズムと伝統主義の対立がますます細かい対立を生み、印象派対点描派、象徴主義対シュルレアリスム等々無限《アド・インフィニトゥム》につづくが、それと同様である。

誰かの独断によって時計が実際にターミナル駅に設置されたとしても、残念ながら新たな対立と新たな問題の火種にしかならない。さまざまな派閥が、選んだ場所が悪いだの、時計の文字盤の位置（形状や大きさに対する不満はもとより）が高すぎるだの低すぎるだの、あるいは照明の当たり具合がよくないだの、果ては待合室から見づらいだの、新聞売場の向こうからだとまったく見えないだのと申し立てるに決まっている。加うるに、ターミナル駅全体の雑多な日常的機能をいささかも妨げたり乱したりすることなく時計を修理点検して最高の稼働状態を維持するという技術的な問題も出来《しゅったい》する。

これらをすべて考え合わせれば、この事業の克服不可能に近い困難さがわかってくるが、かといって、おいそれとこれを断念していいということにはならない。長い時間をかけて忍耐強く思索と研究に取り組んできた真摯な者たちは皆、この報われない仕事が結論を得て難解な書物の内容を習得するように片付くときを待ち望んでいる。研究者たちのあいだで「ターミナル駅の時計は六十枚の金属板から成り、一分ごとに一枚ずつ、本のページをめくるようにつぎつぎと倒れていって折り重なる」とも描写されるのは、まさにこれが理由なのである。

連絡将校が駅の大時計の下で本を閉じる姿が一瞬見えたかと思うと、背を向ける動作の途中で、夢が変わる。

耳を突き刺すメトロノームの音、しだいに大きく、大きく、やがて、やや太い枯れ枝が折れる程度の音量になって、三秒おきに鳴り響く。カチッと一回鳴るごとに長方形の面が一枚ずつ、ばらばらの紙葉の底辺を綴じた束のように、あるいは一分ごとに数字の板がパタパタめくれて時刻を示す時計のように、弧を描いて立ち上がっては倒れていって、水平に折り重なる。一枚一枚につかのま画像が見て取れる。医師、公務員、大学教授、高級官僚。デスクやテーブルにかがみこんで報告書を作成している。タイピストのハイヒールと椅子の脚に絡めた人絹ストッキングの足首。症例記録を見比べる白衣の一団。

急にカチッの間隔が一秒に縮まって、それと同時に、パラパラめくれる紙葉は山積みになってゆく学校や病院や役所の書類だと見分けがつくようになる。書類の内容まではわからない（印刷された文字はほぼすべて不鮮明な染みでしかない）ものの、そのうち一枚から二枚にBの名前が読み取れる。ほかにも一語だけ印刷された名詞がはっきり見えて――**年齢、適性、等級、志望先、態度、成績**――その下に手書きのコメント（判読できない）がつづく。

不意に歯切れよい声だけが淡々と質問する。現時点でなにかいいたいことは？　すると、わずかなためらいのあとで、姿の見えないBの声。初めは口ごもりがちで、ほとんど聞こえないが、徐々に勢いと切迫感を増し、ついには感情を抑えきれずに甲高くひび割れる。

どういう判断でわたしは裁かれるんです？　いったいなんの罪で？　自分自身を裏切ったことに対する罪ですか？

あなたたちがわたしの敵で、だからわたしが責めを受けるべきだというんでしょうか？あなたたちには責任があって、知識があって、権力がある。わたしはあなたたちを信頼していた。なのにあなたたちは猫が鼠を弄ぶようにわたしを弄んで、今さらのように咎め立てをする。わたしはあなたたちに向けて振るう武器を持っていなかった。武器が必要だとわかったときには手後れだった。

あなたたちにとってはここが居場所。ここはあなたたちの家。わたしは余所者で、独りぼっちで、銃もなしに、あなたたちに渡したい贈り物だけを持ってきた。その贈り物が気に食わなかったからといって、わたしが咎められないといけないんですか？

わたしは翻訳もしてもらえない起訴状で告発されるの？　知らない言葉で知らないうちに告発されていたのはわたしのせい？

ふさわしくない贈り物を持ったままあなたたちの家の扉口にいつまでも立っていたことが、わたしの罪になるんでしょうか？　あなたたちは友達ではなくて犠牲者を求めていて、わたしが渡したただ一つのものを捨ててしまって、そのせいでわたしが咎められないといけないの？


Bの声が聞こえなくなると、とたんにメトロノームのカチッ、カチッが加速して凄まじい速さになる。書類が猛烈な勢いでつぎつぎとめくれてゆく。男や女の声が（一部は異国訛りだ）、物知りぶった、気取った、俗物っぽい、教育者風の、権力者然とした声、声、声が、いっせいに、四方八方で、まったく関連のない支離滅裂な意見を、少々見くだすような口調でしゃべりたてる。そのなかからほんの二つ、三つ、理解できる言葉や意味の通る言葉があらわれる。たとえば

Bは集中力がない……順応性がない……協調性がない……妥協しない……努力が足りない……見込みがない……しない……ない……足りない……しない……だめ……ない……しない……だめ……ない……

わたしが大学に行くころには、昼をかなりうまくあしらえるようになっていました。何年も前に雨がささやいた秘密、昼の世界から切り離されて生きるという秘密のおかげで、隠れた生活を危険にさらすことなく衝突を避ける術《すべ》を今では会得していたのです。闇のなかの秘密基地に身を潜めたまま、わたしは油断なく昼の領土を偵察し、そこで見つけたものを書き留めることにしました。

太陽の下の暴力的な混沌のなかには、募りゆく嫌悪と逃避の理由しか見えなかった。でも今度は、危険に曝されるたび不安を文字に変えました。自分が書いたものを便《よすが》に、切れない橋を架けたのです。わたしが信じたのは自分自身。わたしの心は永遠に助けの来ない独房などではありませんでした。

歓びの眼《まなこ》は今回にかぎって清明さを失ってしまったのだろうか。偏頭痛の発作にでも襲われているのか？　周縁部の視界は今も良好そのものなのに、普通なら焦点が合うはずの中心部が暗点に占められ、ぼやけてこれといった色も形も見えない。病を連想させる原因は、周辺に広がる映像が混乱、危険、暴力、混沌、対立といった印象を強調する性質のものばかりだからだ。

最縁部は壮大な宇宙の騒乱、炎火のごとき惑星の誕生と奔流のごとき惑星系の壊滅に関わるもののようだが、あまりにも規模が凄まじくてぼんやりとしかわからない。荒々しく脈打つ瘴気がこのすべてを血の赤で覆い尽くすさまは、さながら眼の奥底で毛細血管が燃えているかのようだ。

視点がぐっと寄って、地上の光景に落ち着くが、一様に惨憺たるものであることに変わりはない。世界大戦、執拗な包囲攻撃、疫病、飢饉、忌まわしい核兵器使用競争、蒸発し溶解する都市群、一瞬にして炎に包まれる大陸全土、地獄絵の世界、破壊、死。

さらに寄って、中央のぼやけた部分の外縁に近づくと、幾つかの光景が細かいところまでかなり鮮明に見えてくる。まず、倒壊した石積みや損壊した建物の亀裂のディテール。寄りすぎたせいで地震の地割れのようでもある。そこからやや遠ざかり、今度は曖昧ではない光景。空に生えた途方もない大きさの奇怪な茸につづいて、原爆投下後の都市の瓦礫、蒸発した痕跡。

それから旅のサーカス一座が捨てていった檻がちらりと一つ、さらに三つ、四つ。檻と格闘する飢えた虎の大きく開けた顎とあばらの浮いた胴、その向こうの景色は激しい雨に煙っている。恐怖に駆られて逃げまどう人々で埋め尽くされた道、泥にはまった車、道からあふれ出す人々。

突如として泡立つ油井、発火、凄まじい炎の噴水。もう一つ噴き上がる新たな炎。巨大な戦闘機。災厄を運ぶ少年の顔が薄く笑って死を解き放つ。破壊された町。どこかで見た悲哀が（最新形態がいかなるものであれ）ふたたび。荒廃した国、壊れた家、おもちゃ、その他諸々。破裂した水道本管から噴き出した透明な水の美しい繊細な扇が、散らばった敷石に紛れて転がる血まみれのちぎれた腕に降りかかる。眼が眺めている光景がさらに二つ、三つとつづく。それらは現実というより概念、開いてゆく心に映る地上の暴力のイメージだ。

高々と張り巡らされた凶悪な鉄条網、きつい日射しのなかで無数の棘の小さい狂暴な目がぎらぎらと残忍な光を放つ。鉄条網のすぐ向こうで、人種も宗教も定かでない、小柄でやつれたインテリ風の男が一人、自分を閉じ込めている頑丈な針金越しにこちらを見ている。着ているものはみすぼらしく、シャツにはカラーが付いておらず、ズボンは破れている。どこか苛立ちを誘う悲哀とでもいおうか、マゾヒスティックな、少々鈍感そうな、被害者になりやすそうな、サディズムを刺激する不安そうな強がりを纏って、眼鏡（いうまでもなくひどいひびが入っているのを不様に直してある）の奥でいかにも目が悪いというふうに目を細めている。顎にはいうまでもなく目立つ青痣。突然の怒鳴り声に、男はいうまでもなくびくりと跳び上がり、ハンカチーフを放り出すように強がりを放り出すと、慌てて身を翻し、もつれる脚でよろめきよろめき走りだす。

巨大摩天楼のあいだの亀裂めいた暗い通りのまんなかに、遠くから少数の男女の一団がばらばらとあらわれる。疲れた足取りの行進。一人残らず痩せこけて、野暮ったい格好で、貧相で、摩天楼の途方もない大きさに引き比べて情けないほど小さい。不機嫌な、無関心な、憂鬱な、怯えた顔、顔、顔の列が沿道で一団を見守っている。そこに巨漢揃いの警官隊があらわれて、顔の列はあっという間にどこかへ消え失せる。抗議者の一団は警棒で通りから追い払われ、かぼそい哀訴の声が巨大な外壁のあいだを蝙蝠のようにひらひら飛び交う。

今度は中流階級の年配の夫婦が腕を組んで歩道をぶらぶら歩いてくる。二人とも身綺麗で、華奢で、裕福そうではないが、たいそう上品だ。妻は買い物籠を提げ、夫は空いた手に傘を持って杖がわりに使っている。歩きながら、自分たちに目もくれず足早に道を行く大勢の人々やビルの群れをおどおどと見やるようすは、いかにも田舎から出てきた老夫婦といった風情だ。ほどなく、凝った装飾を施した丈高い両開き扉の前で二人は足を止める。閉まった扉を飾る渦巻装飾の上に見える「銀行」の文字。夫が近づいて、固く閉ざされた扉の中央に掲げられた小さな告知を読む。口があんぐりと開く。信じられず、理解できず、夫は告知を見つめてしばし立ち尽くす。それから呆然と覚束ない足取りで、妻に相談しにもどる。扉の脇ではいうまでもなく愚鈍そうな顔の武装警官が見くだすようなよそよそしさで二人を眺め、警棒を振りまわしている。ほどなく夫が気を取り直し、階段をのぼって警官になにやら話しかける。警官は小馬鹿にするように目を細め、ほとんど唇を動かすことなく口の端から二言、三言吐き出すだけだ。夫は必死で訴えつづけるが、相手の冷淡な態度にはたと気づき、肩を落としてふらふらと妻のもとにもどる。二人は口もきかず、途方に暮れたような魂が抜けたような顔で、並んで立ち尽くしている。やがて雨が降りだす。警官は扉の脇の柱によりかかって見下ろしている。夫は傘を持っていたことを、それからその用途を、思い出す。傘を握る手が力なく震える。やっとのことで開いた傘を、夫は無意識に妻の頭上に差し掛ける。ふたたび妻の腕を取り、それとなく促して雨のなかを歩きだす。警官は二人を見送り、警棒を振りまわし、雨を避けて庇の奥へと引っ込み、あくびをする。

老夫婦が立ち去った直後、通りの数ヤード先にある扉から若い娘がせかせかと出てくる。

娘は振り向いて屋内の誰かにじゃあねと手を振ると、停留所に近づいてくるバスに向かって駆けだして、足をすべらせ、バランスを崩し、濡れた縁石につまずいて車道に飛び出す。流しのタクシーが娘を轢きそうになる。急ブレーキの甲高い悲鳴、狂ったように押し鳴らされるクラクション。行き来する車の轟音をけたたましい音が貫き、鋭く断ち切る。走りだす人が一人、二人。ほかの人々はいったい何事かとまわりの傘を押しのけて首を伸ばしている。さっきの警官が重々しい足取りでのっそりと歩み寄ると、青痣色の広い肩を揺らして野次馬を追い散らし、警棒を振りまわす。

夢が中心部の暗点に寄ってゆく。

やがて、まだ見えにくいとはいえ、どうやらこれは灰色の霧の糸で編まれた網がもつれた塊らしいと、しだいしだいにわかってくる。癌腫かもしれない。半透明の迷路のようなものかもしれない。ぼんやりしていたのがはっきりしてくるにつれて、網の塊は蜂の巣のようになり、蜂の巣はピラミッド状に積み上がった無量大数の六角形の小部屋になる。蜂の巣が鮮明になると同時に、一つ一つの小部屋が瞬時に拡大されて、区別がつくようになる。もつれた塊が視界全体を占領して、やっと明かされたその正体は……地下墓地……？　病院……？　牢獄……？　いや、古色蒼然とした建物が並ぶ北の町だ。

狭い街路が、尖塔が、建物に囲まれた四角い中庭が、不変の灰色の光のなかでひんやりした佇まいを見せている。あまりにも平穏すぎて、静かすぎて、浮世離れしすぎて、水晶のなかに封じられているかのようだ。淡い鳩羽色の石が醸す静寂、きっちり等間隔に植えたマルベリーの木に囲まれた四角い芝生、細長い窓が幾つも穿たれたゴシック風のファサード、古びて、堅牢で、苛烈なほど超然として。扉口《とぐち》を出入りし、回廊を行き来する人々の姿、学問をめぐって交わす会話がごく幽かに耳に届き、時を告げる鐘の遠い音が思い出したように響く。話し手の声音は柔らか、口調はおっとりとして、抑揚は控え目だ。切れぎれに立ちのぼる会話、内容は抽象的な事柄、サー・クリストファー・レンのインテリア、スピッツベルゲン島への雁《がん》の渡りと、多岐にわたる。ほどなく高塔から今までより長く響く鐘が鳴り渡り、穏やかに厳かに谺する。回廊の人々はそのあとさらに三十秒ほどだろうか、行き来をつづけ、それからおもむろに姿を消す。

人気《ひとけ》のなくなった光景が崩壊しはじめ、霞んで、暗点にもどる。町もそっくり溶け去って、暗点と融合する（そうしてそこに、突如として、またしてもあのぼやけた空ろな中心部が出現する）。周縁部だけが今は不吉なまでの速さで脈動して、低く轟く太鼓めいた音がテンポを徐々に速め、不穏な緊張感が高まってゆく。

夢の大学が目指すのは鉄条網の向こうの男、いよいよ恐怖に駆られ、いよいよ不様に闇雲に走りつづけている。ずり落ちた眼鏡、逃れられぬ運命に怯えて叫ばんばかりに見開かれた目、汗にまみれた顔。

ごつくて黒くてぬらぬら光る銃のぼってりした口がぴたりと男の顔に押し付けられ、嚙みついて血みどろの肉塊に変える。偏頭痛に喘ぐ網膜がどろりと溶けて、脳髄や歯の飛び散った暗点と脈動しつづける灰色の霧に流れ込む。

脈動する霧と飛び散った肉塊を捉える超視覚の向こうに、水のように冷たく澄んだ夜空の下の無人の中庭の、鮮明だが極めて小さな映像。明かりの灯った窓がぽつり、ぽつりとあらわれる。

どれが保存されることになるのだろう？　どれが選ばれることになるのだろう？　灰色をしたサテンのようになめらかな日々の巻き糸（絡まるのは、簡単にほどける試験の結び目ぐらい）をほぐしてゆくような、波瀾一つない修道女的な日常の要約だろうか？　もしかしたら教科書に載っている？　もしかしたら教授が教えてくれる？　脳が保存すべき映像を選んでくれる？　それとも、記憶は心という架台に載ったシーソー板で、どの方向にでも傾けることができる？

重さが釣り合った瞬間、昼と夜という両極のあいだで天秤がゆらゆら揺れているとき、もどってくるのはなに？

天気雨がぱらぱら降ってきて、わたしたちはアーチウェイの下で雨宿りした。それからマルベリーの木に囲まれたベルベットのような緑の芝生をそぞろ歩いた。それから本を自転車の荷台にくくりつけ、あるいはハンドルバーに取り付けた籠に詰め込んで、帰る途中で日が暮れて、コーヒーを飲んで、何時間もおしゃべりした。

彼が、あの詩人が、暮らしていた家の前に佇んで、感傷的な気分に浸りながら、わたしたちは涙をこぼし、胸を熱くした。わたしたちも美しい言葉を紡ごう、名を残そうと、口々にいい合った。自分たちはどこまでものぼっていける気がした。若いころの感情は素晴らしく純粋だ。その先は違う。聞こえのいい代用品があふれている。

ごちゃまぜのスナップショットから選んでアルバムに貼りつけるべきなのはどの写真？　世界の海を旅する人よ、目覚めたときにあなたの仮の寝床を揺らすのがどこの海かわかる？　甲板を横切る影が熱帯鳥なのか海燕なのかわかる？　　色褪せなかったり捨てられなかったりする写真がある　　ちょっと写真を眺めてごらん　　塔の上空を翔る朝の鳥に気づくはず。回廊の上を飛ぶように渡るあなたの影が見えて、橋のたもとの塔で真夏の朝の鐘が鳴るのが聞こえるはず。

櫛にはわたしに贈られた詩が書いてある。地図描き用のペンを使ってとても小さく書いてある。夜遅く、川の淀みで四角い船首の小舟に揺られているとき、わたしは髪を梳かした。そのときわたしはオーランドーだった、男でも女でもなかった。そしてわたしは空気の妖精エアリエルだった、無数の世界の狭間を漂い、詩が髪を彩っていた。

どうしてこんな写真を取っておかなければならないのかわたしにはわからない

小さな目は、恐れ知らずの目は、星のように輝いていたはず　　菩提樹の下で待っている素敵な危険　　あるいは通り過ぎしな裏切る顔、顔、顔、数えきれない時間を時計が打つとき凍りつく欺瞞のほほえみ　　無数の仮面

どうしてこの一枚　？　それともあれ　？　どうやって選んだ　？

不変の自己、扱いにくい余計な荷物のように持ち運ばれ、かといってなくすこともできない。あらゆる国境の税関スタンプがべたべたと押され、一切が失われるような災難に遭っても腹立たしいことにもどってくる。船の欠航や乗り遅れで途方に暮れたときの道連れ、あらゆる惨事の目撃者、すべての航海と苦難の生存者……わたしいっそう強く自分を信じるようになったことで、わたしはほとんど気後れを感じなくなりました。大学では初めて同類に見える人たちと出会いました。関心の対象が同じだったのです。そういう人たちがまさか虎だとは思わないでしょう？　彼らはわたしに笑いかけ、友だちになりたがった。どう考えても敵方のはずはありません。わたしは彼らを信じていたといってもいいでしょう。でも、わたしたちのあいだにはつねに壁が立ちはだかって、友情の邪魔をした。この壁がなんなのかわたしにはわかりませんでした。母の影が陽光の下で起こるあらゆることからわたしを遠ざけるのだ、と思うこともありました。しょせんわたしが学んだのは影と友情を結ぶ方法だけ。今さら太陽の下で友情を育もうなど虫がよすぎるのかもしれない、と。

ほどなく、壁が壊れていなくてよかったと感謝することになりました。あの人たちは実は見かけとちがっていたのです。同じ言葉を話すくせに、わたしとは異質だった。昼の世界のくだらない市民権を手に入れるために闇と魔法の血筋を売り渡した裏切り者だった。それを知ったとき、自分を信じる気持ちは消え去って、わたしは怖くなりました。恥ずかしくなりました。凄まじい落胆。耐えがたい屈辱。騙されて危うく敵の手に落ちるところだったと気づいたとき、甘い外見や声音に二度と惑わされまいと、わたしは秘密の部屋に身を隠すことにしたのでした。

花咲き乱れる夏の田園のなんと美しいことか。清楚な田園の花々は、色鮮やかで清らかで、あまねく幸福と善良を伝えるメッセージのように甘く瑞々《みずみず》しい香りで空気を満たす。丘の頂にのぼっても麓におりてもその馨しいメッセージがあたり一面漂っている。丘の中腹の香り高いタイムのクッションのあいだで、ヘアベルが音のない鐘の音を響かせる。橅《ぶな》の若木の燃える緑の下ではブルーベルが涼しげな半透明の潮となって広がり、ウッドアネモネが蛾の触角さながらの繊細な茎の上に儚げな花の杯を掲げる。丘の麓の白亜の廃坑では、丈高い草に埋もれた遅咲きのプリムローズが野生のシロスミレといっしょに白亜の色の花を咲かせる。今は通る者とてない道を縁取るのは小さな星形の紙吹雪を思わせる色とりどりのスターフラワー、道の果ての湿地では鴫《しぎ》が巣に籠り、豹紋蝶とキングカップが葺原に彩りを添える。ミルクメイドやカウスリップがデイジーやバターカップと草地を分け合い、小道の生垣に鏤められたイヌバラが日射しの下でゆっくりと白んでゆく。花々がいたるところで空中に醸し出す善意に気づかぬ者がいてはいけないといわんばかりに、大役を引き受けた鳥たちがせっせと花のメッセージに音を与える。何百羽という見えない雲雀が空に向けて放つ陽気な歌の噴水に感動しない者はきっといないのではあるまいか。ライラックに身を潜める歌鶫《うたつぐみ》が生み出す音楽、はたまた北柳虫喰《きたやなぎむしくい》の高く妙なる調べについてはいわずもがなだ。

花と鳥が太陽と心地よい微風の助けを借りて作り出したのはまさに自然の楽園、ここが邪悪さや残酷さや恐怖に、いや、悲しみにさえも、侵略されるところはとても想像できない。加うるに、どうやら今日は祝祭の日でもあるらしい。たいそう古くて歳月の重みで沈んでしまったように見える灰色の教会の低い塔が、今は色鮮やかな旗に飾り立てられて活気づいている。旗は牧師館や領主館や学校や郵便局の上でも、家々の窓の外でも、無数に翻っている。

丘の麓の旅籠《イン》の飾り付けは、外の草地に影を踊らす大きな旗ばかりではない。花輪《リース》や花綱《ガーランド》はもちろん、若木の枝や色とりどりの長いリボンが、二つの扉とポーチと平たい張出し窓の上や周りに留め付けてある。インの看板（描かれている紋章風の幻獣は地元の無名画家の手になるもの）を吊るした鉄の渦巻装飾にも、身軽な者が支柱をよじ登って取り付けたのか、ハニーサックルの落ち花で作った花球《フラワーボール》が飾ってある。インそのものは丸みのある横長の低い建物で、なにやらほほえんでいるかのようだ。インが笑顔に見えるのもむべなるかな。ここそが陽気なるものすべての中心、花と鳥とがこの楽しき日の夜明けからせっせと広めつづけているメッセージの発信源にほかならない。屋内では慌ただしくにぎやかに準備が進んでいて、今しも誘《いざな》うように扉が開かれたところ。見えるのは高い背もたれのベンチと白い砂を撒いた床ぐらいだが、ときおり奥のほうでトレイを手にした人影がせわしげに行き交うのが見て取れる。トレイの上のハムやチーズや果物、焼きたての堅焼きパンといったご馳走は、これからこの日の祝宴の食卓に並ぶのだろう。

やがて活発な営みの中心は扉の外へ。外では即興のページェントめいたものが演じられているらしい。緑の上の栗の木の下にずらりと並ぶベンチとテーブル、そこに腰を下ろしてシードルやエールの蓋付きジョッキを手にした大勢の人。彼らが見物しているのは、ふわふわしたドレスと色とりどりのリボンの渦のなかで息を弾ませ笑顔をひらめかせるメイポール・ダンスの踊り手たち、それから、葦笛めいた甲高い声で思い思いに元気よくフォークソングを歌う合唱隊の子供たちだ。

黒いキャソックの牧師が人懐こい牧羊犬のように、お人好しの道化師たちに笑いかける。地元の名士の一団も、白やピンクや緋色のサンザシとメドウスイートのガーランドで飾った舞台の上から見物する。

舞台左手に目を転じると、若者の一群に交じって、色鮮やかな編み紐のリードで繋いだ大型犬を連れた緑の靴の少女の姿がある。この少女も、いっしょに談笑しているまわりの若者たちも、これから劇の出番が来るといった雰囲気で、寄り集まって期待と興奮に顔を輝かせている。犬にもその楽しげな気分が伝わるのか、鞭そっくりのしっぽを勢いよく振って跳ねまわるようすがいかにも嬉しげだ。

子供たちの合唱の声がまばらになり、やがて途切れる。頬を赤くほてらせ息を切らした踊り子たちが、足首と手首に結んだ小さな鈴を鳴らして笑いさざめきながら、色とりどりのリボンをきつく巻き付けられたメイポールからぞろぞろと離れてゆく。観衆が拍手し、ジョッキが音高くテーブルに置かれ、チェックのエプロンを着けた給仕の女たちが両手に泡立つビールの大ジョッキを持ってあらわれ、牧師がせわしなくあちらこちらで指示やねぎらいの言葉をかける。一分か二分、草地の上は混乱に陥る。きっとこのあとが少女と犬と仲間たちの出番にちがいない。

ところがこの大事なときに、少女は突如として上の空になる。視線がさまよっている。もはや周囲の状況を見ていない、ほかの者たちが祝祭に夢中で気づいていないなにかを見ている――黒衣の女だ。教会墓地のほうからゆっくりとインに近づいてくる。誰にも気づかれず、周囲に目もくれず、ゆっくりと、けれどもまっすぐに、正体のわからない女は近づいてくる。右も見ない、左も見ない。顔は見えない。こうべを垂れ、長い黒い袖から覗く両手を軽く組んで歩く姿は、瞑想でもしているようだ。日射しを受けてサファイアが指で青くきらめく。女が身に纏う色はこの一色《ひといろ》のみだ。ゆっくりと草地を横切って、女が丘をのぼる道へと向かう

その後ろを、少し離れてBはついてゆく。犬のリードを放し、仲間も気づかぬうちに、ひっそりとその場を離れ群衆のあいだをすり抜けて、黒い冷たい姿を追ってゆく。

さあ、と彼らは、協力者たちは、偽物たちはいった。さあ、こっちへ。今夜ぼくらは、世界の分類整理をめぐって忌憚のない意見の交換をしている——もちろん堅苦しいものじゃない。夜が明けたら、あたたかいキスをして、パーティはお開きだ。きみにふさわしい場所がきっとある。それに、心を鎮めるシロップ入りのこの甘い飲みものが、和やかで幸せな気分にしてくれる。いっしょに幸せになろう。カーテンを引いて。火を熾して。窓の外など見ないでいい。どうして外が見たい？　向こうは暗くて寒い。だからここで気儘にエマソンという偉大な人間の影のことでも語り合おう。

夜の時間。あたりにふたたび祝祭の気配が漂う。田園詩《パストラル》の素朴で美しい陽気さではない、どこかもっと洗練された、取り澄ました気配で、それでもやはり街灯や明るい窓の目からはきらきらした期待感と昂揚感があふれ出ている。そう、ここはまさに光の街、夢はことごとく燃え立つ光、空は一面に反射光を映し揺らめく巨大なオーロラだ。星が出ているのか月が輝いているのか、それもはっきりわからない。連なる屋根の向こうに見えるのは、見事に混じり合った色彩のおぼろに光る空気のカーテン、赤、橙、黄、緑、青、藍、紫、すべてのスペクトルが地平線の端から端までいっぱいに広がって幾重にも重なり合い、どこまでも整然と並ぶ長大な虹の隊列と見紛うばかりだ。さらに、この程度の見せかたではまばゆさが足りないといわんばかりに、おぼろな光のカーテンの仄かに瞬く襞の上に、不思議に揺らめく純白の光の帯が白熱する縄となって絡み付き、燃え盛る透明な火を思わせる。

目への負担があまりにも強すぎて、長くは上を眺めていられない。かといって、下がこれに比べて薄暗いわけでもない。街路は真昼に負けない明るさだ。いつもどおり灯されたおびただしい数の街灯に加えて、この特別な一夜のために、蠟燭、木製や縄製の松明、炎を上げる火籠といった過去の遺物も無数に加勢する（おそらくこのような機会に復活させるために、こうした遺物を大切に保管してあるのだろう）。カーテンを閉めようと思う者がほとんどいないせいもあり、ほぼすべての窓が、こぞって夜に向かって燃える指を伸ばしているとも見える。

宮殿では夜会の真っ最中。壮麗な建物は窓という窓を煌々と輝かせ、四囲を取り巻く庭園の薄暗い海のなか、まばゆく光る街路を後目に夜を渡る巨大な船そのものだ。庭園では眠れる薔薇と木立に紛れて豆電球だけがぽつりぽつりとおぼろな燐光を放っている。ナイトストックとタバコフラワーの濃厚な香りが物憂く漂い、ひんやりと翳った小道が散策に誘《いざな》う。百合の池のほとりにはひっそりと四阿が隠れていて、青白く光るボールランプが園丁の頬と貴婦人のドレスの襞を銀に染める。仄白く美しい雪か花かを湛えた角杯を掲げる小さな彫像のそばを、幽かな衣擦れの音を立てながら恋人たちが行き過ぎる。

いっぽうこちらの開けた一角は、到着した招待客がフリンジ付き天幕の下でついさっきまでひしめいていたが、今は人気《ひとけ》がない。とはいえそこには今なお華麗な制服の衛兵たちが直立不動で待機中だ。髪粉をかけた鬘の従僕たちも、向こうで微動だにしない。

宮殿の豪華さについて敢えて説明する必要はないだろう。翼のように伸びる階段、柱、手摺り、彫像、いずれも大理石やオニキスやアゲートや斑岩が用いられている。舞踏室の壮麗さ、踊り手たちの優雅さ、楽団の巧みさについて語ってなんになる？　こういうことは想像力にまかせて、おのおの心の赴くままにディテールを埋めてゆくほうがいい。料理のほうも同様に、選り抜きのワイン、果物、ありとあらゆる種類の珍味佳肴、猪《サングリエ》、キャビア、孔雀の桃詰め、なんでもいいから美味でエキゾチックなものがあふれる豪華な晩餐を思い描けばいい。

ただし、舞踏室について一つ触れておく必要があるのは、贅を凝らしたシャンデリアだ(もっとも、世にも美しい王冠の形をして、室内を純粋な光の奔流で満たす、氷のまばゆさの水晶を連ねた照明器具を描写するのに、この用語がふさわしいかどうかはわからない)。宮殿の舞踏室がほかと決定的に違うのは、目を奪うこの照明ゆえ——なにしろ、実に忘れがたいのだ。一度これを目にした者は世界を経《へ》回《めぐ》る旅で出会ういかなる驚異にもたいして心を動かされなくなるにちがいない

ゆえに、その燦然とした王冠の輝きの真下に愕然とした顔のダンスのパートナーを置き去りにして　　　サファイア色の深い夜を切り取る窓枠のなかで手招く黒い人影についてゆく　　　それほどまでに緑のガラスの靴を履いた少女を引き寄せる、その誘引力の強さには驚きを禁じ得ない。

こんな調子で、ディテールを変えながら、基本的展開が際限なく繰り返される。光から

闇への誘引を逃れられる場合にかぎっては、主題そのものが変化しがちだ。

たとえば――夢は一瞬にして映像の連なりを通過してゆくが、それぞれの場面は新たなものに取って代わられるまでにかろうじて認識できる程度の時間しかつづかない。

最初は、遠く離れたところから、高さ四十フィートの崖っぷちに小さな一階建ての家が見える。夜だ。真っ暗ではない。蓋を閉めた箱を思わせるこの家が、蛇のとぐろさながら周囲を取り巻く木々と共に、映像のいちばん上にある。中央を占めるのは崖のごつごつした岩肌（下はタール様の水）。つぎに、一瞬だけ家のなかが見える。部屋（鎧戸を閉めたベッドルーム）で誰かが眠っているようだ。気配から、どうやらBらしいとわかる。一瞬にしてまた外へ、星がぽつりぽつりときらめく夜空に移動する。巨大な嵐雲が生まれ、広がり、みるみるうちに空も星も食い尽くす。海が盛り上がる。うねる海塊が砕けて無数の白馬に変じる。風が吹きすさぶ。今や夢の景色いっぱいに広がっている白波から飛び散る水しぶきの甲高い呻きに、同じ音程で風の歌が重なる。黒い影は崖。波が砕ける。波が岩肌に死鯨の重量の水を叩きつける。水しぶきが巨大な扇を広げる。寄せる波と水泡《みなわ》と返す波に揉みくちゃにされて岩肌が震える。びしょ濡れになり、ふたたび波に打たれ、それでもなお完全に水に没することはない不屈の巌。（ほんとうに震えたのか？）つぎつぎと寄せては砕ける波から水しぶきが高く高く噴き上がる。波が途方もない大きさに隆起する。ますます大きく、ますます猛く迫《せ》り上がる波が、ついに炸裂する。岩塊が一つ危なっかしく揺らぐ。波がそれを叩く。岩塊が雷鳴の轟きを放って逆巻く波間へと崩れ落ちてゆく。またしても弾ける雷の怒号、砲撃に震える壁のように崖が震える。

稲妻がひらめいて空を突く。またひらめいて一突き。乱舞する放電発光がぎざぎざと形作る文字は、**今失ったものはこの世界のわたしたちの家**。と思うと、醜怪で忌まわしい鰐の尖った口吻が幾つも波間に覗き、耳をつんざく凄まじい轟音と目もくらむ閃光と共に燃え立つ業火のおくびを放つ（あたり一面が漆黒と紅蓮）。戦艦か潜水艦かもしれない、断末魔に喘ぐ海獣《レビヤタン》かもしれない。

とうとう崖は、火と雷の黒白がはためくなか、波の打擲乱打の果てに限界を迎える。岩が、そそり立つ壁が、地震めいた地鳴りを発して緩み、ずり落ちはじめる。崖の表面がそつくり剝がれて割れ落ち、立木が一本、ちぎれた根を狂ったように振りまわしながら道連れになる。あの家は、今や大きくえぐれた崖の際、中空に飛び出して危なっかしくひつかかっている。

ベッドルームで眠っていた少女は、すでに目覚めている。暗い部屋で身じろぎする気配。扉が開いて、誰かが入ってくる。仄かな燐光を放つ手が伸びて、まさぐり、家具の輪郭を慎重になぞり、盲《めし》いた者の手のように道を探る。指輪の青がひらめく。二つの手が出会う。一方の手がもう一方の手を導いてゆく。色鮮やかにきらめく指輪。二つの手はいっしょに真っ暗な家を通り抜け、闇のなか、表へ出る。家を離れる。

外は混沌が加速し、嵐の轟音が一段と凄まじい。炎の怪物どもはいよいよ狂暴に火を吐き、火炎を浴びせ合い、ついには傷つき、くずおれ、稲妻の火花と逆巻く白光のなかを沸き立つ海へとしゅうしゅういいながら沈んでゆく。

同時に耳を聾する轟音を立てながら崖そのものが砕け、崩れ落ちる。家がお辞儀しながら、だんだん前へ傾いてゆき、逆立ちしたかと思うと、ゆっくり優雅にばらばらになり（トランプの家が崩れるように四囲の壁が外側へ倒れていって）、消滅する。

混沌がたちまち吹きすさぶ風の音へと収斂する。鈍く重く立ち騒ぐ波の音が静まってゆく。そして、静寂。

人影が二つ見える。青白い星が二つ、三つとふたたびまたたきはじめた静かな夜空の下を、一方がもう一方の手を引いて、遠く小さくなってゆく。

僻遠の、原初を想起させる光景。果てしなく広がる山岳地帯、木はない、水はない、家はない。とりたてて高い山が見えるわけでもないのに、なぜか標高の高い、高峰に囲まれた台地にいるという感覚がある。剝き出しの岩石層は平坦で、上半分を断ち切った円錐のよう、周囲の高峰の存在感と相俟って、ミニチュアのテーブルマウンテンを連想させる。色合いは地衣類の単調な冷たい灰緑だ。

ちょうど日が沈んだところで、西の空低くに揺蕩《たゆた》う霞の向こうにまだ淡いピンクが残っている。ほかのところは透明で無機質な柔らかいライムグリーンだ。沈む夕日と反対側の空は、ぎざぎざした地平線の上に星が、最初はかろうじて見えるだけだったのが、刻々と明るくなって、蠟燭の炎めいた細長い形になる。最初に見えていた星はこれ一つだ。ところが、すぐに別の星が一つ、また一つ、さらに一つとあらわれる。十字形に並んだこの星座に向かって、薄れゆく光のなか、どことなく女性に見える体つきの人々が列を組んでゆつくりと台地を渡ってゆく。叱咤なのか激励なのか、先導者が片手を上げて四つの星を指さす。その拍子にきらめいた光は一瞬で消えて、光の源が指輪だったのか星だったのか、もうわからない。

巡礼の列が追いつづける四つの星はいっそう大きく、いっそう明るく、いっそう不思議な形になってゆき

やがてそれは見たところ窓も扉もない暗い小部屋で燃える蠟燭の炎になる。壁一面に五芒星や杖や剣といった秘術の記号が書きなぐってあるのがぼんやりと見える。本棚がある。花瓶か骨壺のような形状のものが幾つか仄かにちらちら光っている。Bは床にすわりこみ、十字形の蠟燭立てに立てた四本の蠟燭の火明かりで本を読んでいる。

い、い、

りゅうとした軍服の連絡将校がふたたび例の本を朗読する準備をしている。夢には、ちょうど講義か説教かなにかに一区切りついて、別のことにとりかかるところだという雰囲気が漂っている。それが朗読だったようで、冷たい声を張り上げて将校は読みはじめる。

声音はどことなく前より居丈高に聞こえる。

逃避は好ましくない、逃避という概念は無制限の力を有するはずの権力者の優位性に対する脅威となるから排除されるべきだ、という声は多い。しかし、「わたしは逃避生活に入る」と誰かがいうとき、それは法の目を逃れるという意味ではない（そもそも法の目を逃れるのは不可能である）。それは権力を持つ側を変更し、ある法規範から少なくとも同程度に厳格で複雑怪奇な別の法規範に乗り換えることを意味する——つまり、いかなる形であれ法の目を逃れようとするものでないことは確かである。このような逃避行動が為しうるのは、一般的規範に勝るとも劣らぬ苛酷かつ不可解な代替規範の提供のみである。それにもかかわらず、そういった制度に対する権力者の捉えかたはといえば——そう、おそらくは、「身の程知らず」ということになると思われる。

これについては議論が可能であろう。権力者が真に優位性を持っているならば、なにゆえ自身の法制度と競合する制度の存続を許すのか。逃避には既成秩序内におけるなんらかの計りがたい形での役割があり、それゆえ権力によって認可されているというほうがありそうなことではないだろうか。

逃避という制度は、まったくの別物に（少なくとも表面上は）見えながらも、現行法規の偽装版にすぎない可能性すらある。この仮説は信じがたいようにも聞こえるが、二つの権力の領域は不測の事態が発生した場合には確実に交わるばかりか事態の緊急性如何《いかん》によっては一体化する、という事実によって裏付けられている。もっとも、このような可能性はきわめて稀でほとんど知られておらず、また、この問題全体が曖昧かつ難解で非常に複雑なものでもあり、それゆえ不得要領な考察になるのは避けられない。

正直なところ、権力者というものは非常に洞察力に富んでいるうえに実に機略縦横であるがゆえに、ともすれば反抗的で適応力に欠ける者たちを巧みに操作して法を遵守させる策を案出したのだ、と思いたい気持ちに駆られる。自身の特殊な性向しか目に入らないタイプの人間がこのような策に嵌まるだろうことは想像に難くない。そういう者は逃避行動によって忠誠を誓う相手を変更できると信じている。いずれにせよ、いったん逃避してしまうと、自分はすでに権力者の支配を逃れたのだと思い込み、満足感に浸っておとなしくなるというわけである。

いっぽう権力者は、かつてないほど強い立場に置かれるため、策が功を奏したことを単純に喜ぶだけである。勝利を手にしたことが公にならなくてもかまわない。すべての力を恣《ほしいまま》にする者がどうしておのれの力をひけらかしたいと思うだろうか。彼らの望みはすでに巧妙かつ平和裡に成就しているのである。

やっと母親のもとにもどれた迷子の子供のように、わたしは闇の膝に顔をうずめました。光のなかに迷い込むことは、もう二度とないでしょう。安全が欲しくて生得権を売った者ですら安全ではいられない場所に身を預けることは、もう二度とないでしょう。

夢の景色が物憂く開ける。大学町の全景。早朝の霧がゆっくりと晴れてゆく。霧の晴れかたは単純な消失というのではない、一触れで破れそうな薄紙か蜘蛛の巣のように、徐々にほどけ、ゆるゆると穏やかに裂け、巻き上がり、ふわりとちぎれ、建物一つ一つを少しずつ露わにする。この過程は、当然いつ果てるともなくつづくものの、ある種の手際のよい無駄のなさで着々と進行する。じっくり観察しているうちに連想するのは、たとえば、そう、しまってあった高価な磁器の包みを手際よく剝がして一つずつ並べる作業だろうか。

視界が狭まり、塔が一つ、地面から上へ向かって露わになる。霧の包み紙が剝がれて見えてきたのは、彫刻を施した胴蛇腹《レッジ》と、その上に並んで背中の羽毛に嘴をうずめふっくらと丸まって眠る鳩の一群だ。つづいて塔の基部あたりから屋根の上の風見、遠いロココ建築のてっぺんを見上げると、とたんにその風見が回転しはじめ、カリヨンのきらめく旋律が解き放たれて、浮かれた白い二分音符や全音符が踊りながら今は青い空へとのぼってゆく。映像が一瞬だけ鳩にもどって、顔を上げ、あくびをし、まばたきし、眠たげに翼を伸ばす姿が映し出される。

つぎは同じ町の郊外の住宅地に切り替わる。前方、道路から引っ込んだところに、花もない芝生だけの小さな庭に建てられた、真新しい真っ白な平屋根のモダンな家が見える。潔いほどに飾り気がなく、おもちゃの積み木で作ったような、長方形を重ねただけのシンプルな家だ。コンクリートの平板を敷き詰めた小道が、ドアハンドルの代わりにO形のクロム製リングを取り付けた正面玄関の扉へとつづく。

家のなか、二階のベッドルームの一つにベビーベッド。白くて、両側に柵がついている。ヘッドボードを飾るのは鮮やかな色の雄鶏、足元は梟だ。ベッドの主《ぬし》はペールブルーのふんわりした毛布の下でじっと横たわっている。灰色がかったコルクだかゴムだかを敷き詰めた清潔な床を、向こうから背の高い娼婦めいた四十がらみの女が近づいてくる。女の顔は、社交界新聞で見たことがあるどこかのお屋敷の女主人の写真と心なしか似ている。雰囲気も服装も、社交界の名流夫人と乳母を足して二で割ったようだ。極端なアーチ型に整えた眉と、真っ赤に塗った唇。カクテルパーティ用にしか見えないドレス。腰にはゴム引きエプロンを着けている。

てきぱきと無駄のない動きで女がベビーベッドに歩み寄る。両側の柵を下ろす（ざりざりと耳障りな音）。腰から二つに折れるように前かがみになる（ぴったり身を包むサテンが背中に貼りついて光沢を放つ）。骨張った両手を生成りのラムウールの毛布の奥に突っ込み、包装紙か繭でも破るように引きはがし、しっかりつかむ。一呼吸置いてから、女が大きな両手をお尻と肩甲骨にあてがい巧みに支えて抱き上げたのは、グレーのネップが目立つぶかぶかのツイードを着せた赤ちゃん人形だ。女が椅子に腰かける。赤ちゃんはだらりと垂れた脚を腹話術人形のように折り曲げて膝に載っている。女がラインストーンをあしらったドレスの胸元のジッパーを開け、細長いゴムのペニスを思わせる形状の乳房を出す（先端から木屑がはらはらこぼれ落ちる）。石油ポンプの要領で人形の口にこれを差し込む。

鬚を剃った上唇の下の小さくすぼめた薔薇の蕾の口がせわしなく吸っている映像（唇の

鳴る音とゲップの音の伴奏付き）。聖母子像の不気味な戯画といった風情のポーズがつづく。そのあいだにも人形はみるみる膨らんで、膨らんで、膨らんで、やがて食事が終わるころにはほぼ成人男性サイズになる。女は彼を床に立たせ、萎んだペニス様の乳房を胸元にしまい込むと、ドレスのジッパーを閉めて、立ち上がる。

映像が切り替わる短い間。今度は踊り場から下のほう、急階段の先の玄関ホールを見下ろしている。短縮法で描いたような寸詰まりの人物が二人。男の卵形の頭は、修道士の剃髪《トンスラ》にあたる部分の髪が薄くなっている。女がせかせかと男を教授用ガウンに押し込んで、あちらを引っぱり、こちらを引っぱり、皺を伸ばし、埃を払う。それから男の手を取り、正面玄関から送り出す。開いた扉越しに見えるのは、毒々しい緑色の芝生の一角だ。

おもちゃの車がギコギコ走りだす音。甲高くパフパフ響く警笛。女がふたたび扉口《とぐち》にあらわれる。出かけてゆく男を見送っている。そのまま数分見送ってから、女はそちらに背を向けると、なかにもどる。扉が閉まる。カチリと鍵のかかる音。女がエプロンの紐を勢いよくほどく。エプロンが床に落ちる。それをハイヒールの踵の跡も鮮やかに踏みつけて壁の鏡の前へ行くと、女は金色のメッシュバッグから口紅を取り出して、唇を塗り直しはじめる。鏡のなか、ぎょっとするほど大写しになったぬれぬれと艶《つや》めく真っ赤な女の口は、飾り立てた生殖器を思わせる。

つぎは場面が一転。大学に到着した教授が講義をしている。教壇の前に据えられた教卓の上に、水差しとブリキのラッパが見える。身長に対して教卓が高すぎるため、教授は両脇に耳状の持ち手がついた古風な教会の跪き台《ハソック》の上に立っている。教授の左手、教壇の後ろの壁には、判読しがたい言葉や記号を色チョークで書きなぐった大きな黒板（そのうち幾つかは読みにくいとはいえ「逃避」や「空想」に関わる文字のようにも思える。落書きめいた一つ、二つは幼児が描く顔や人や卑猥な絵に見えなくもない）。右手には、異様に背の高い磨《す》りガラスの窓が床から遙か上の丸天井まで伸びている。窓の両脇にまっすぐ垂れた白い硬いプリーツカーテンは、「気をつけ」した腕のようだ。正面には階段状に並んだ半円形のベンチの列。端から端まで繋がって緩やかな弧を描く背もたれは、一つ上の段の学生の教科書を収める書棚になっている。ふさがっているベンチは中央付近の二段だけ（もしやこれは上下の義歯の暗示なのか）。学生たちは仮面だ。上の段は男の顔、下の段は女の顔。性別の違いは仮面に描かれた髪の長さとスタイルでだいたい察しがつくが、あとはまったく同じ、これといった特徴もなく、目は一様に敬意のこもった感嘆や称賛や注目に丸く見開かれている。仮面を支えるのは針金をねじって作った脊柱だ。同じように作った腕のつもりらしい針金のほうは、先端に綿を半分詰めただけのくたっとしたセーム革の手袋がはめてある。手袋の手は開いた本を載せた書見台に平らに置かれている。すべてが微動だにしない。

教授の声は淡々とつづく言葉のない唸り声で、ところどころに**さて**だの**いいかね**だのが差し挟まれる。と、いきなり教授がおもちゃのラッパを手に取って吹き鳴らし、鋭い音が甲高く鳴り響く。とたんに窓辺のカーテンの腕がもたげられ、学生の列のそれぞれへと伸びてゆく。二本の腕はくたっとした手袋の手の列の上をすべるように動いて、一つ一つ端から順に触れてから、すばやく窓辺に取って返して気をつけの姿勢にもどる。針金が弾かれて幽かにビーンと音を立て、震える手で字を書く真似事をするかのようにぎこちなく動く。教授がごくごく水を飲む。

ふたたび教授の淡々とした唸り声が始まり（今回はごく短時間）、視点は徐々にカーテンへと移る。カーテンは忠実な番犬然と窓辺の持ち場に控えている。つぎの瞬間そのカーテンがとぐろを巻き、触手さながら伸びたかと思うと、やさしくグリッサンドを奏でるように仮面の列に触れ、順々に黒板のほうに向かせる（教授がチョークで黒板に○と書く）。仮面の列が揺れながら歪んだユニゾンで甲高く歌う。カーテンの腕は天井の高みでとぐろを巻き、身をくねらせてから、ようやく窓辺へと引き返し、窓の両脇で堅苦しい「気をつけ」の姿勢をとり、前と同じごわごわした強張りをとりもどす。針金の振動が収まると、仮面がつぎからつぎへと傾《かし》ぎ、倒れ、裏返り、ベンチの陰に消えてゆく。最後の一つが消えると、教授はハソックからおりて、教壇からおりて、講義室のドアへと歩きだす。

教授がドアから出て四秒ほどたつと、左のカーテンがひとりでにゆっくり閉まって窓の半分を覆う。右のカーテンがゆっくり窓を渡ってそれに寄り添う。

講義室から建物の外に通じる扉へと向かう教授を一連の短い映像が追いかける。延々とつづく石の廊下の影濃いトンネルに蛾翅を思わす黒いガウンが翻り、出てゆく先は高い交差穹稜《ヴォールト》のエントランスホール、ステンドグラスの窓からこぼれ落ちるアメジストやトパーズやルビーの光が灰色の床の一角を淡い点描で彩っている。

あたりにはおびただしい数の人影がぼんやりと見て取れる。ガウン姿の教授たち。服を着せたコートハンガーや針金やホッケースティックのてっぺんに仮面顔をくっつけた学生たち。皆あちこちにあらわれては一瞬で消える。皆おぼろげで儚い。

ようやく尖頭アーチの下に、不動のモノクロの終止符を思わす古びて黒ずんだ重たい扉。着古してテカテカしたみすぼらしい門衛の制服の袖、ほつれたシャツの袖口、静脈の浮き出たふしくれだって震える老人の手があらわれて、ボルトを抜き、鍵をまわし、チェーンを外す。油を差していない金属の錆びつき軋む耳障りな不平の声。

扉がゆっくりと開く。

まずごま塩ズボンが、つづいて教授の全身が扉から外へ出て、人気《ひとけ》のない日の当たる歩道を歩きだす。歩道の割れ目に野花が咲いている。デイジー、ブルーベル、カウスリップ、プリムローズ。縁石に真っ赤なおもちゃの車が止めてある。教授が車に体を押し込み詰め込み無理やり乗り込む。ペダルに足をかける。ゴムの警笛を握り締めてパフパフやかましく鳴らす。勢いよくペダルを踏み込む。チェーンがギコギコ軋んでワイヤーホイールが動きだす。通りを少し進んだところで教授が左手をまっすぐ伸ばして合図する。左折して、見えなくなる。ギコギコ軋む音だけがつかのま残る。

つづく場面ではやはり教授がペダルを漕いでいて、今はひっそりとした町並みを抜けて通りを家へと向かっている。もちろん町並みは現実のものではない。日の光がピンクの薄靄ごしに射している。大学、教会、美術館、どれもこれも淡い光のなかでバースデイケーキのようだ。時計が時を告げ、丸屋根やとんがり屋根の鐘楼から郭公がいっせいに飛び立つ。

教授はペダルを漕ぎつづけ、影に包まれた通りへと入ってゆく。上空から一瞬だけこの通りが映るが、町のほかの区画と比べてそこだけひときわ影が濃い。二百ヤードほど進んだあたり、大きな建物の外に、大勢の成人サイズの男女が通りに背を向けて無言で佇んでいる。市庁舎なのかタウンホールなのか警察署なのか、たいそう陰気で、たいそう不気味で、突き刺すような危険な気配を発する建物だ。教授は見向きもしない。ひたすらペダルを漕ぎつづける。

日の当たる道のどこまでもつづくなだらかな坂をくだり切ると突き当たりが白い積み木の家だ。惰性で進むおもちゃの車はいよいよ速く坂をくだってゆく。教授の膝はいよいよ速く上下に動き、顎にぶつかりそうだ。

家のなかでは前にも登場したあの女が客を三人迎えて麻雀をしている。客は横顔しか見えないが、三人とも女で、血の気がなくて、尖った細長い鼻をして（金属板を打ち抜いて作ったジャワ島の影絵芝居の人形そっくり）、冷ややかで、悪意に満ちた蛇を思わせる。女たちはそれぞれに麻雀牌を並べて作った壁の向こうに陣取っている。牌に描かれているのは金銭にまつわる図柄（譲渡証書や債権証書やさまざまな種類の硬貨）、権力にまつわる図柄（王笏や鞭や賂《まいない》や手綱）、おむつや哺乳瓶、男根の図柄だ。

映像がすばやく見渡すドローイングルームは、現代的インテリ気取りがいかにも好みそうなあざとい田舎風のしつらえだ。仄かな光沢のある白いなめらかな壁面、作り付けの本棚、染み一つない木部。押しつぶしたような背の低い革張りソファが一つ。シマウマ柄の布張り安楽椅子が数脚。去勢された暖炉は、四囲に上品な明るい色の木材を巡らせただけで、マントルピースもない、火も入っていない。壁のアルコーブは内部を淡い色に塗り、黒人の彫像などのモダンな美術品と並べて、あるいは単独で、磁器の犬や、艶《つや》やかな赤と青の花瓶や、壊れやすいガラスドームをかぶせた蠟細工の花といった、見るからに古風な趣の品々が飾ってある。本棚には哲学書の全集、心理学の軽い読み物、〝進歩的〟な出版社の書籍、新刊小説が何冊か、詩集、時事評論の小冊子、〝進歩的〟な総合雑誌、季刊文芸雑誌が二、三冊、美術雑誌。こういう部屋ならきっと、たとえば小器用なスレード美術学校の学生が描いたような林檎とワイングラスの静物画だの、気の抜けた印象派風の水彩画だの、ぼやけたパステルの肖像画だの、毒々しい色をぞんざいに塗りたくった油絵具の風景画だの、個性的とはいえない絵を白木の額縁に収めて二枚、いや、三枚ぐらいは壁に掛けてあるにちがいない。おそらく花を飾ることはないはずだ。いや、もしかするとトールグラスかシェルフラワーあたりを生けた白い陶器の花瓶がぽつんと一つ置いてあるかもしれない。

この部屋に、教授は黒いガウンのまま足を踏み入れる。灰色の絨毯の上を弾む小走りで軽やかに進む。ピルエットでくるりとまわる。にっこり笑ってポーズを取る。足は五番ポジション、親指と人差し指はガウンの裾をつまんで横いっぱいに広げ、両手の小指は弓なりに反らし、しばしそのポーズを保つ。

アルコーブのなかにぶら下がったシャンデリアのガラス玉が緩やかにゆらゆら揺れはじめ、ちりちりと幽かな喝采を送る。

つづいて、いかにも羽振りがよい風を装った部屋全体が幽かに震えるようすが、ぐるりと映し出される。この映像のなかに、とりすました顔でポーズを解いた教授が、いかにも満足げに入ってくる。麻雀卓からぱらぱらぱらと湧き起こる拍手に答礼すると、教授はソファの中央に腰かける。

麻雀卓の四人が立ち上がり、教授を取り巻く。客（つねに横顔）の二人がソファの教授の両脇に座を占め、三人目が足元にすわる。称賛の態度が一変して、生気のない蛇の目が冷たい悪意、侮蔑、あるいは羨望の色を浮かべて教授を見据える。いっぽう妻とおぼしき女は、虎の独占欲を浮かべた顔で勝ち誇って教授の背後に佇んでいる。彼女は所有権を主張するように教授の頭に指を這わせ、無意識に薄い髪をねじってキューピー人形の房に仕立てる。

この活人画は不意に玄関先で響いた無粋な怒号とノックで一瞬にしてばらばらになる。黒い制服に身を包んだ大柄な男たちが部屋になだれ込み（ショックを与えるのに最も効果的な方法）、どやどやとソファを取り囲むと、脅すように教授の鼻先でなにかの書類（督促状？　告発状？）を振り立てる。

教授は驚き憤り、客の女たちを押しのけて（三人とも金属板よろしくガチャガチャ崩れ落ちて掻き消える）、弾かれたように立ち上がる。ソファの背後の女が威圧的な身振りと共に、よく聞き取れない命令を声高に叫ぶ。が、たちまち制服の波に飲まれ、しばらく揉み合ってから、見えなくなる。

教授は詰め寄る制服に囲まれ、四発八方から小突かれ、顔からは今や恐怖が汗のように滲み出ている。きょときょとあたりを見まわす顔を、恐怖がいよいよ色濃く彩る。ガウンを握り締め、徐々に高く持ち上げて肩に巻き付けると、教授は首を縮め、顔を襞に押し込む。この隠れ処から声高に抗議だか嘆願だかを叫び立てるが、初めのうち声に満ちていた憤りも、ついには怯えに変わる。

制服の太い腕が二本、両側から同時に伸ばされる。

腕がガウンをつかみ、小馬鹿にするように引っ張り、憎々しげに引き剝がす。

赤ちゃん人形が床で身をすくめ、制服に囲まれて這いつくばる。作り物の細い首にのったトンスラ頭がごとりと転がる。

腕が人形をつかむと同時に、部屋中の装飾品がかぼそい狂乱の金切り声を放つ。

磁器の犬がアルコーブの棚からあたふたと飛びおりると、下向きに丸めた尾を足のあいだに挟んでソファの下に潜り込む。

ガラスのゴブレットが墜落する。無骨なブーツがそれを粉々に踏み砕く。

ブーツと黒い脚の森が群がり寄って黒いインクの染みになる。染みは膨らみ、あらゆるものの上に揺るぎなく広がり、黒い泡となって膨らみ切って弾けてイカ墨の闇で部屋を覆い尽くす。儚い死の震える歌がまだ悲しげに響いている。終わりの闇。

遠い昔、わたしは夜を受け入れて闇に身を委ねました。雨の穏やかなささやきに慰めを得て、やさしい静かな影たちを友としました。

どうして虎の輝きに惑わされることになったのでしょう？　どうして偽りの太陽に誘《いざな》われるまま家を離れてこんな遠くまで来ることになったのでしょう？

もちろん、本気で昼に屈したわけではありません。けれど、あまりにも長いこと眩しく太陽に照り映える顔を見つめ、あまりにも長いこと昼の門の内に留まってしまった。わたしの目は禁じられたものに向けられ、見てはならないものを見て、今や視力そのものが失われてしまいました。

もうこの身にふさわしい暗く孤独な場所から動くつもりはありませんでした。名を呼ぶ声がしても返事をしませんでした。わたしは夜の黒衣で耳をふさぎ、闇の襞で顔を覆いました。これから先は二度と敵の瞳のまばゆいばかりのきらめきを見るつもりも、忌まわしい足音の重く鈍い響きを聞くつもりもありませんでした。

この夢の景色の中央でデスクに向かっているのは、あの連絡将校なのか、別人なのか。顔は同じに見えるし、尖った小さな顎髭も同じに見えるが――いや、ごま塩髭になっている？――どうして軍服ではなく仕立てのよいダークスーツを着ているのだろう？　仕立てのよすぎるスーツのせいというより、周囲の家具調度のせいで（彼が書き物をしている大きい艶《つや》やかなデスクもその一つ）、専門職についている羽振りのよい人物という印象を受ける。正確な職種を示す手掛かりはない。なるほど、部屋はいかにも医師の診察室然とした雰囲気だが、かといってその肩書きが正しいと断定もできない、というところか。トルコ風の寝椅子《ディヴァン》だの、重厚で豪華で死んだような家具だのは、繁盛している開業医の所有物であってもおかしくなさそうだ。しかし、それにそぐわぬようにも思える少々奇怪で不思議な絵や装飾品も何点か見受けられる。あちらの壁に掛けてあるあれは十字架像か、それとも原始の黒い男根像《プリアポス》か。この薄明かりではなんであれ判別が難しい。ただ、デスクランプの下の本は、医学書に混じって魔術、神話、哲学、形而上学、宗教についての書籍が並んでいると見て取れる。

本の列の向こう側に座を占める男は、書き物を終えたところだ。男が万年筆の螺子《ねじ》式キャップをはめて、顔を上げる。身じろいだ拍子に、肩章の金文字がきらりと光る(肩章といっしょに階級章を着けているのが今は見える)。男は椅子の背もたれにゆったりと身を預け、文字の書かれた紙を集めて片手に持つと(もう一方の手はときおり控え目な仕草をするために空けたままだ)、訓練を受けた俳優張りに抑制のきいた淀みなく心地よい声で読み上げる。

権力者とは何者で、どこへ行けば会えるのか。一元化された単独の本部で活動しているのか。はたまた複数の分散した部局で活動し、その上層に組織全体を統括する総合本部的なものがあるのか。こうした疑問を誰もが口にするが、満足できる答えはなかなか返ってこない。情報を持っていると主張する自称「事情通」が存在するのは広く知られるところで、かような人物のおかげで心の安寧を得たという話を耳にすることもある。とはいえ、あなたやわたしが自力で答えを突き止めようとしても、探求が実を結ぶとは考えにくい。仮にある人物が（本人の主張どおり）未知のルートで情報を得たとして、それを他人に知らしめることは、ごく稀な限られた場合を除いて不可能であろうし、おそらくは許されまい。あなたが純粋に情報を求めてその手の人物に近づくとどうなるか。相手はすぐさま単刀直入かつ気さくな調子で話しかけてきて、たちまちのうちに率直な人間だという好印象を与えるにちがいない。安心したまえ、きみ、と（このとおりの言いかたではないにせよ、そういう含みを持たせて）向こうは切り出す。気楽に聞いてくれればいい、すっかり噛み砕いて説明しよう、と。

実際、このような巧妙な話術は非常に説得力があるため、相手の落ち着いた物腰と言葉遣いも相俟って、おそらくは誰もが籠絡され、無批判な精神状態に陥るのではあるまいか。暖かい部屋から送り出されて凍てつく空気のなか家路をたどる段になって初めて先の会話を客観的に思い起こし、けっきょくなんの情報も得ていないと気づく可能性すらある。

この段階で、一般的な探求者であれば自らの誠実さを保つに足る努力はしたと考えて、疑問をきれいさっぱり忘れることにする傾向にあると推察される。そればかりか、これほど近づきがたく底の知れぬ問題は危険な禁断の秘密にちがいないから手を出さないほうがいい、さもないと厄介なことになる、などと考えるかもしれない。

かたや、より厳格な道義心を備えた粘り強い探求者であれば、再度の挑戦を決意することだろう。このくらいではごまかされんぞと、彼は独りごちる。そうして、次回の接触の前に一連の誘導尋問をじっくり練り上げて暗記する。にもかかわらず、いかに冷静に事に臨んでも、いかに念入りに準備して質問を組み立てても、結果は前回となんら変わらない。今回はむろんのこと、やや異なる話術が用いられる。前回のような人を惑わす純真さの代わりに、探求者は今回、縫い始めも縫い終わりもないかに見える中国刺繡さながら驚くほど繊細緻密に繰り広げられる、複雑かつ実《まこと》しやかなレトリックで迎え撃たれることになる。探求者のほうは用意した誘導尋問を一つたりとも忘れておらず、あらゆる論点を順序正しく並べてゆく。しかるに、すべての質問と論点に対して、探求者は答えどころか難解な説教を、素人にはとうてい理解できそうにない衒学的な引喩を鏤めた長広舌を聞かされるというわけだ。

ただし、この探求者は優れた知性に加えて固い決意を兼ね備えた人物である。あくまで初心を忘れず、脳味噌を絞って必死で話についてゆく。

すると今度は愕然とするような奇怪な現象が生じる。それこそ、どうにも説明のつかない現象だ。個々の文はわかりやすいように思える。よし、なにもかも理解できた、と探求者は確信する。実際、さまざまなテーマを一つ一つ見てゆくと、なるほど明確で筋が通っていると感じられる。かくして彼は、記憶が薄れぬうちにすっかり書き留めてやろうと、急ぎ帰宅する。

ところが、この問題の全体像に集中しようとしたとたん、頭が混乱して如何ともしがたい無力感に襲われる。説明も、引喩も、論拠も、個別に見れば単純明快だったものが、一つの像の構成要素として眺めると、どういうわけか意味を失い、空虚な多弁に呑み込まれてしまうのだ。気の毒な探求者は混乱した頭を抱え、ペンを手にして、一文字も書けぬまま、身動きすらせずに何時間もすわり込む。家族や友人の声にも耳を貸さず、寝食を忘れ、聞かされたことを巡って延々と考えつづける。一度は理解できたと思ったのに、なぜか今は焦らすように不可解な言葉遣いの複雑な迷路に隠れてしまった論旨をたどって捉えようと、集中力の限りを振り絞る。かくなる具合に、彼は実を結ばぬ思考を果てしなく弄び、やがて疲労困憊したあげく匙を投げるしかなくなるのである。

ああ、確信から始まって不安に、当惑に、ついには完膚なきまでの混乱と絶望に至るこの恐ろしいサイクルの全容を、人はどれほど理解しているのであろうか。これを打ち破る鍵はなにか？　どのような態度で臨むべきか？　実際問題として——思うに、われわれはこれを受け入れざるをえないのだろうが——大多数の人間にとってなにごとによらず権力者のことを知るのは不可能である。かといって、無知に甘んずるのもやはり難しい。権力者というものがわれわれ一人一人について、生活上の極めて些細な事柄に至るまで、最終的に管理していることは誰もが承知している。これは多くの先人たちがその著作で詳らかにしているところである。人間ならば、かくも重要な謎にいささかなりとも光を当てるべく試みずにはいられぬであろう。われわれの本質の奥に潜む無意識的衝動が絶えずそちらへと思考を向けさせようとするらしいとあっては、なおさらである。

町の馴染みのない界隈を歩いているとき、どこからともなく飛んでくる矢のように、予感のように、突然の奇妙な感覚に打たれたことのない者がいるだろうか。それはたとえば、個人的な問題や待ち受ける大事な約束のことを考えながら先を急いでいるときかもしれない。ふと、なんの理由もなく思考の糸が途切れて顔を上げると、通りの反対側の大きく陰気な建物が目に入る。倉庫なのか。古いオフィスビルなのか。鎧戸がすべて下ろされていて、土埃で汚れた正面階段に紙屑や落葉が吹き寄せられているところを見ると、どうやら無人らしい。とりたてて目を引くところのない地味な建物だから、これまで幾度となく気づきもせずに前を通り過ぎていたかもしれない。ところが今日にかぎって、しつこい物乞いが袖を引っ張るように、その建物があなたの目を捉える。いや、やはり無人ではないようだ。鎧戸の隙間からうっすらと灯りが漏れている。すると不意に、ある考えが頭に浮かぶ――もしや、まさに今、こうしてここを通りかかったこの瞬間、あの暗褐色の鎧戸の向こうの部屋の一つで、虫喰い痕のあるデスクに向かい、赤や緑の紐で縛った書類の束に囲まれて、かすれた昔風の筆跡で、自分の運命が書き記されているのではあるまいか、と。

あるいは、野山を散策しているときにこの手のことが起こるかもしれない。あなたは完全に独りきり。一時間ばかり人っ子一人、それどころか犬の一匹も、草を食む馬の一頭も見かけない。人跡未踏の地にいるようにさえ思える。と、そのとき、これほど寂しいこの場所で、道端の茂みから小狡そうな顔がひょいとあらわれあなたを見上げる。最近はめったに見ない大きな帽子をかぶって顎髭を生やした老人の顔である。一瞬、老人はまじまじとあなたを見つめる。こんな人気《ひとけ》のない場所で誰かと出くわせば驚きそうなものである。ところが彼は「こりゃどうも」と声を上げるでもなく、後ずさりして茂みのなかへと消えてゆき、それきり二度と姿を見せない。この老人が茂みに隠れてずっとあなたを監視していた、たぶんしばらくのあいだ尾行していたという気がするのはなぜか。ことによると、あなたがどの道を通ったか、丘の麓の十字路で右へ行ったか左へ行ったか、それを確認してあとで報告する目的で人里離れたこの土地に送り込まれたのではあるまいかという気がするのはなぜか。

こうした感覚は誰でも経験したことがあるにもかかわらず、その明確な意味は不明である。だが、権力者による厳重な監視となんらかの関係があると見てもよさそうだ。具体的な証拠が見つかりさえすればよいのだが、そうもいかない。自分はつねに観察されているような気がする。しかも、些細な行動が逐一見咎められて、これはだめ、これはよい、と記録されているのは確かだと感じる。それなのに、そのような判断がくだされる基準についてはわずかな手掛かりさえない。いかなる行動も自分の未来の状況すべてに影響するというときに、いったいどうすれば不安と躊躇を退けることができるのか。

ともあれ、自分の手で事に当たろうとしても無駄だし、誰かに相談してもどうにもならない。われわれにできるのは、油断なく日々を送りながら最善を願うことだけである。たとえば、誰か知り合いに手紙を書く代わりに電話をかけるというような、些細に思える出来事を引き金にしてつぎつぎと思いがけないことが起こる可能性を、つねに肝に銘じて忘れずにおくしかない。

つまるところわれわれの立場は、残念ながら、親が劇場に出かけたあと独り暗い家に取り残された子供と大差ない。そう、なにを隠そうわれわれは、最後の手段として、実に情けない告白をせざるをえなくなる――悲しいかな、こうしたことはわれわれにはわからない、と。

わたしたちが旅の終わりにたどり着くまでに何年ぐらいかかったのか……。ときとして、もうどこにもたどり着けずに、生涯を旅に費やして終わるのだと思ったこともあります。途中で通り過ぎた国の人たちは、わたしたちのことを奇妙な一団だと思ったにちがいありません。だって、みんな同じ顔をしているのですから(もっとも、体の大きさはちがうし、着ているものも、もちろんちがいます)。わたしたちのうち何人かは、そういう国の一つに、別の何人かはまた別の国に、根を下ろしたいと思ったことがあるはずです。いいえ、わたしたちみんな、こんな旅に出なければよかったと、ふとした折に心の片隅で考えたことがあったと思います。でも、一度旅立ったらもどることはできません。進みつづけるしかないのです、たとえ向かう先がわからなくても。旅のどの時期にも喜びはありませんでした。ときにはひどくきつい道で、歩みは捗らず、疲れ果てることもありました。そんなときは、元気を出そうとみんなで歌いました。どこへ行くのかわからない、でも先へと行こう――と、わたしたちは歌いました。けれど、どんなに大きな声で歌っても同じこと、気持ちは沈むばかりでした。

旅そのもののつらさに加えて、孤独感もあったし、仮に目的地にたどり着いたとしてもそこになにがあるかわからないという不安もありました。ときどき不安を感じるのは仕方ないことでした。それに、故郷が恋しくなるのも。遠い昔に住んでいた国を、誰もがやさしくてほほえんでいた国を、どうして思い出さずにいられるでしょう？　これほど強く自由を求めなければ、今もまだあそこにいてあのほほえみとやさしさに包まれていたはずだと、どうして考えずにいられるでしょう？　冬空の下、遠く石ころだらけの見捨てられた土地を旅しながら、いつも夏の日射しが降りそそいでいたあの国に、わたしたちは幾度となく思いを馳せました。

一目見てこれこそ正しい目的地だと思える土地に到着したのは冬のことでした。住人たちが出てきてわたしたちを迎え入れ、腕を取って部屋に案内してくれました。ところが、部屋の窓は塞がれ、扉は開きません。その場所に閉じ込められたのだと勘づいて、わたしたちは怖くなりました。鍵の掛かった庭では死んだ目の男たちが落ちてもいない葉を掃いていました。見れば、眠る人たちが共同墓地かなにかのように並べて寝かされ、そのあいだを役人たちが眠りを手にして歩きまわっています。わたしたちはますます怖くなり、顔を見合わせてささやき交わしました――あれはいったいどんな眠り？　ここは正しい目的地ではないと、遅ればせながらわたしたちは気づきました。

やっとのことでそこを逃げ出すと、さらに旅をつづけ、あらゆる障害を乗り越えて、とうとうわたしたちは到着しました。ここだと信じていい場所にたどり着いて、どんなに嬉しかったことか！　ようやく憩うことができて、どんなに嬉しかったことか！　ええ、危険がすべて過去のものになったのは素晴らしいことです。それでも、この期に及んでなお、昔知っていた物事について思いを巡らし、懐かしい太陽とほほえみについて考えることがあるのです。あの不実なほほえみを遠ざけようとして、わたしたちはさんざん苦しみを味わいました。あの不実な太陽から逃れようとして、わたしたちは多くの試練を乗り越えました。

今はもうわたしたちが傷つくことはありません。安全です。平安のなかにいます。けれど、この安全と平安のなかにいても……それでも、ふとした折に……人知れず考えてしまうのです、ほんとうにその価値があったのか、と……平安と安全はほんとうに犠牲を払ってまで手に入れなくてはならないほど素晴らしいものなのか、と。

ここは夜。ここにはどんな嘘もありません。夜は信用できます。夜は不実な炎で眩惑したりしません。夜は不滅の暗い静けさを繋ぎ止めてくれます……眠りのように、深い眠りのように。自らの意志でわたしたちはここに来て、眠りが必要になる前に眠りを味わいました。夜の顔を見るのが好きだったから。なのに、心からは憩えなくて……愛しい影に囲まれているというのに……あの輝かしい太陽を完全には忘れられなくて……かつて暮らした土地のことを、ときおり夢見ずにはいられないのです。

あらゆるものを一つずつ丹念に観察する歓びの眼《まなこ》は、今度は微生物の世界に目を向け、接眼レンズ（ネグレッティ&ザンブラ社の顕微鏡）を覗き込むと、スライドガラスの大きさの世界をゆっくり観察しはじめる。

蛍光色の野に広がる光景はのどかで牧歌的、整然として非の打ちどころがなく、当然ながらおもしろみには欠けるものの、昨今では、あれのためにあれを犠牲にする覚悟のない者はいないのではなかろうか。われわれは当分のあいだあれおよび減少したあれの時代に向き合わざるをえないというのが一般的な認識だと思われる。

あれの一つと積極的に関わっているわれわれのような存在のみならず、実に多くの者たちが自分の思考と精力の捌け口として、また、あれ的な動機であれを増殖させる手段として、あるいは今は手の届かないほかのあれに代わるあれとしてあれを求めている。

熱心な人間にとってなによりも喜ばしい光景は、あれを研究しつづけた者が不安材料になりかねない諸問題を理解したうえで科学的に準備した糧を満足げに食らう、健康なあれの優良なコロニーである。

専門家の繊細さでスライドの上に置かれた一滴の培養液（ブイヨンというべきか）から生まれるのはいったいなんなのだろう？　栄養たっぷりの糧をたらふく食らい、今や犠牲者が気づかぬうちに取り囲んでじわじわと近づいてゆくのは、いったいどんな恐ろしい怪物なのか？

あれの良好な保存は多様なあれ並びにあれのあれと戦って壊滅させるあれの能力にかかっている場合が多いが、これは極めて迅速に進行するため、速やかに阻止しないかぎり、往々にしてあれのなかであれがそっくり死滅することになる。絶えざる監視、そして、あれがあれを取り込む暇を与えぬ先制攻撃、それが肝心である。

このとき実験者（といっても、あらゆる技術に精通していることは疑いを容れない）は、おそらくさらなる知識を求め、不運で従順な科学の殉教者の運命に干渉しようとせず、それどころか、虎のように獲物を引き裂き跡形もなくむさぼり尽くす貪欲な攻撃者の猛攻を冷静に観察している。

だが、復讐の女神《ネメシス》はそこまで迫っている。

いかなるあれもなにかに使うためのあれの種類について思い悩む必要はない。なぜなら情報というものは誰にでも自由に利用できるし、なにかのための二、三の単純なあれに精通することはわれわれ一人一人の義務だからである。あれのあれがあなたのあれにかかっていることを忘れてはならない。なんたることか、今度は

報いが実にすばやく攻撃者に襲いかかる。詩的正義の表明としては、これにつづいて起こる恐ろしい光景に匹敵するものはあるまい。三番目の雫がごく少量、手際よくスライドに落とされる。今回の微生物はきわめて強力、あっという間に薄い膜と化して狂暴な微小征服者を取り囲み覆い尽くし、たちまちのうちに飲み込んだかと思うと、恐ろしいまでの消化吸収過程を経て瞬時に滅し去る。

おそらく微生物劇の詳細な観察に飽きたのだろう、眼の側のてっとりばやい修正（ピン

ト&イサベルダン社の双眼鏡）で倍率が跳ね上がって軍事作戦地域に焦点が合う。すぐさま眼前に広がるのはまさに息を呑む光景、いかに肝の据わった人間でもまちがいなく恐怖と驚愕に打ちのめされそうな光景だ。ありきたりな言葉では表現すべくもない凄まじい惨状を見せられた衝撃に、理性の座そのものが揺さぶられる。背景でさえも――まばゆく熱く喉を塞ぐ灼熱の微粒子のどす黒く渦巻くあの嵐を、いったいどうやって描写すればいい？　それは霧でいて炎、耐えがたい熱と混ざり合う、息の詰まる黒い靄。このどす黒い地獄を切り裂くように、装甲に覆われた盲目の怒れる巨獣どもが、縦横無尽に走りまわる。狂乱し、醜悪に、狂暴な悪霊に取り憑かれて暴走するガダラの豚さながら、狂気に駆られ見境のない怒りを振り撒いてぶつかり合う。

常しえに穏やかなる天界の眼でさえも、口にするのも憚られるこの戦場に長く留まるのは気が進まず

死の荒野の世界を後にして、巨大に超然とたたずむ崩れかけた遺構のような建物へと移動する。皎々たる月光の下ランプに照らされた無数の黒い姿が、この中世風大建造物のあちこちで梁やアーチや窓やなにかをせっせと引き剝がして運んではどんどん積み上げてゆ

く。映像は部分的に解体された建物の全体像から絞り込まれて正面入口へ。そこから踏み荒らされた地面を移動して作り物のマルベリーの木へ。ランニングシャツを着た汗まみれの作業員が二人で撤去の準備をしている。幹に螺子止めした数本の太い枝を取り外し、無造作に地面に放り出し（色褪せてぼろぼろになった布製の葉が土埃のなか惨めにはためく）、それから残りの部分を台座の穴から引っこ抜き、なんとか二人で持ち上げ運んでゆく。

ふたたび全体像がほんの一瞬、ぼんやりと映るが、輪郭が滲んで人の姿はもうわからない。さらに遠ざかると、ほどなく向こうのほうの誰もいない月明かりの砂浜に遺構とほぼ同じ形の砂の城が見えてくる。と思うと、みるみる潮が満ちはじめる。夏の細波がつぎつぎと打ち寄せては（すうううううん、と柔らかな音）砂の上で白い唇の口をあけ、数インチずつ吸いながら砂の城に迫ってゆく光景。

最初の波が城壁に触れる。白い波の唇がこっそりと、狡猾に、砂を吸う。すうううううん……すううううううん……すううううううん……（打ち寄せるたび波はわずかずつ強く、高く吸いながら、城を削ってゆく）。

砂の城壁が押し開かれ、ほろほろと、崩れ、溶け、波間に沈む――穏やかな、ほとんど音のない吐息が、潮騒に沈む。
　海辺の家具付き賃貸コテージの一軒に、少女が一人、ベッドで眠る。爪先を踵にひっかけて脱ぎ捨てた緑の靴がベッドの下に。少女は夢を見ている。身じろいで、沈む音を聞く（ベッドの端からドレッシングガウンがすべり落ちただけ）。けれど、目は覚まさない、寝返りを打つ。
　誰もいない砂浜は今はなめらかに、満々と、水に覆われている。月が粛々と慎重に、精緻な意匠の裳裾を引いて、雲の陰を渡ってゆく。残ったのは、暗くざわめく水の穏やかに息づき上下する胸だけ。眼は、それをどうやら物思わしげに観察しているようだ。憩いの時間に一息つくと、誰しもつい擬人化して考えたくなるもので、かくして
　三日月の髪飾りを戴く女神はもはやなく、颯爽とあらわれるのは、早変わりの達人にして記録保持者たる二十一歳の中佐——どこぞの軍で最年少——スチールヘルメットを小粋な斜めかぶりにして、豚の血がおびただしく飛び散った奇抜な戦闘服に、ふわふわの毛糸のポンポン付き寝室用スリッパという出立ちだ（おれは楽な格好であれを侵略するのさ）。中佐の顔はミンストレル・ショー風の黒塗りで、目はまん丸な白い穴、その一方からはサ

ーチライトの光線が皎々と放たれ、もう一方からは機関銃の銃弾が、炸裂する爆弾が、ロケット弾が、泥団子が、エンジン全開で急降下する航空機が、爆撃機が、戦闘機が、吸血鬼が、羽斑蚊《はまだらか》の大きさで凶悪に、無数に群れなしぶんぶん止め処なくあふれ出す。

サーチライトの光線は、獲物を探すレトリーバー犬さながら、ゆっくり沸き立つ海原のあちらをこちらを気紛れに照らし出す。今や広大な海原は、過去と未来のすべての出来事という水泡《みなわ》を仄黒い原形質のなかに無数に抱《いだ》く時間の象徴のようなものとして明確に知覚できる。

不規則な間隔で光線は発見の興奮に激しく揺れ動き、それから徐々に安定して、先端の円のなかにそのときそのとき関心を抱いた小さく遠い鮮明な映像を縫い止める。たとえば、
陽光あふれる夏めく風景のなかの絵に描いたような田園の館、扉口《とぐち》を囲む薔薇、楡の葉越しにお茶の時間を告げるのんびりした教会の時計の音、芝生の上の苺とクリームとデッキチェア、姿の見えない鳩の声、流浪を託《かこ》つすべての者の感傷的な故郷のイメージ。

たちまち夕闇がおりる。冷たい風が無人のデッキチェアをひっくり返す。薔薇はうなだれ、萎れ、散り、花びらが吹き飛ばされる。鳩の甘やかなクルックーが嗄《しわが》れて不気味なホ

ーホーに変わり、やがて光る目の幽霊めいた巨大な白梟が襲撃のために集中しながら音もなく飛び過ぎて、ふっと消える。断末魔の鼠の悲鳴が直後にかぼそく響く。

深まりゆく闇に幽かに浮かぶのは陰謀の気配を漂わせる複数の人影、変装なのかなんなのか恐ろしげな揃いの服を身につけて〈異端審問官かクー・クラックス・クランを思わせる〉なにやら手早く細工して館をいかにも幽霊屋敷然とした趣に変えてゆく。

黒い木で揺れる〈吊された男〉が、中空の見えないなにかを見つめ、骨の軋む音を寂しく響かせ風のなかでくるりくるりとまわりながら、もう木登りするような年齢《とし》ではないのに、とつぶやいている。飢えた雑種の子犬が、肋骨《あばらぼね》からマッチ棒を四本生やしたような姿を曝して、こそこそ視界を出入りする。灌木や墓石やうずくまる黒い影のあいだで霧の幽霊が凝《こご》り、物憂げに揺蕩《たゆた》い、ほどけてゆく。わずかに間があってから、一かけらの小さな白い骨がぽとり、ピリオドのように黒い草の上に落ちる。

そこから館のなかへ。物悲しい風が吹き抜ける埃だらけのがらんとした部屋べやを、ストームランタンの弱々しいまたたきが照らし出す。不安げに肩を寄せ合う新兵の一団が見える。年の頃は全員が十四ぐらいか、世間ずれしていない純朴な顔や都会ずれした小狡い顔が居心地悪げに薄笑いを浮かべ、そわそわと身じろいだりささやき交わしたり、怖いのを押し隠そうとしている。身につけた制服は安っぽいごわごわした生地、膝まで届くぶかぶかの上着の者もいれば、手首が丸見えのつんつるてんの上着の者もいるという具合に、体に合っていない。それにひきかえ身に帯びた武器は高価で高性能の最新式、殺傷力が高そうだ。命令に従って、一同は部屋から部屋へと移動する。数人が大袈裟なほど強がってみせるいっぽうで、ほかの者はびくつくばかり、落とし穴、食器棚から飛び出す頭蓋骨、鎖の鳴る音、いきなり点滅する光、突然開いては乱暴に閉まる扉、うめき声、悲鳴、遠吠えといったさまざまな仕掛けを楽しむどころではない。

最後に屋根が蓋よろしく持ち上がり、中佐が蝙蝠気取りで宙を舞いながら、吸血鬼の牙の裏に仕込んだ毒腺から細かい血の雨を撒き散らすと、それが見上げる顔の群れにうっすらと降りそそぐのが見える。同時に中佐の声が、とてつもない大音量で、スピーカー越しにがなり立てる——気を抜くなよ、おまえたち。あれを忘れるな。あれがある。豚どもを殺せ。とことんやれ。

中佐の姿がゆっくり消えてゆくにつれ、連絡将校との不完全ながらもそれとわかる類似性が生じる。消滅の瞬間にスチールヘルメットの縁が光を捕らえ、燐光を放つ光輪めいた楕円が中空に浮かび上がるものの、すぐにそれも霧散して、同時にスピーカーから流れる音が戦争恐怖映画のサウンドトラックに切り替わり

繋がる先は

人でぎっしり埋まった映画館。観客の列を後ろから見ると皆一様に頭がやや細長くて、耳が横に突き出ている。正面には十字の意匠の大きな旗が掲げられ、その下のスクリーンでは空爆シーンを上映中だ。流れてくる轟音はまさに耳を聾さんばかり——爆弾、ロケット弾、高射砲、サイレン、叫び声、消防車の警鐘、救急車など。崩れた壁が見える。空襲警戒局《ARP》と国家統一消防機関《NFS》の職員が建物の残骸や瓦礫のなか携帯アーク灯の光で被害者を捜索している。女性が一人ストレッチャーで運び出される。顔に長さ一フィートはあるガラスの破片が山嵐の針のように突き立っている。罠にかかった動物の声を思わす怨嗟の唸りが、観客の列のあいだに広がってゆく。

すばやく道路を渡って向かいの映画館へ。観客の列を後ろから見るとこちらは皆一様に頭がやや四角くて、耳が横に突き出ている。正面には円環の意匠の大きな旗が掲げられ、

その下のスクリーンでは空爆シーンを上映中だ。流れてくる轟音はまさに耳を聾さんばかり——爆弾、ロケット弾、高射砲、サイレン、叫び声、消防車の警鐘、救急車など。崩れた壁が見える。ARPとNFSの職員が建物の残骸や瓦礫のなか携帯アーク灯の光で被害者を捜索している。女性が一人ストレッチャーで運び出される。顔に長さ一フィートはあるガラスの破片が山嵐の針のように突き立っている。罠にかかった動物の声を思わす怨嗟の唸りが、観客の列のあいだに広がってゆく。

二つの映画館の観客がどっと外に溢れ出し、対立する蟻の群れのように通りを黒々と埋め尽くす。両者が合流し、入り乱れ、大地を揺るがす怒号が湧き起こる。

サーチライトの光線（今は便宜上、天界の穏やかな眼と一体化している）が、ふらふらとさまよう。

さほど多くはない数の世界の出来事を眺めてから

行き着いた先にはぽつねんとそびえる牙の形の巨大な岩、山といってもいい大きさで、海原から垂直に屹立し、磨いたように幽かに黒光りして、スカラップ装飾風の水泡の白いベルトを締めている。なめらかな水面に突如として長い不可解なうねりが生まれ、みるみる津波の大きさに膨れ上がり、しだいに速く、大きくなって黒い岩へと押し寄せる。衝突の瞬間に眼のサーチライトが折りたたみ式望遠鏡のごとく短くなって、砕ける波のクローズアップ、重たげな水しぶきの鬣《たてがみ》が風に梳《くしけず》られて黒い波から白泡が吹き飛ばされてゆく。
さらに詳細な解析。水しぶきはきらきらと輝き、崩壊し、分裂し、あらゆる種類の紙へと変容する。
多様な筆跡の手書きの文字やタイプライターの印字で世界各地の住所が記された封筒（表にはさまざまな国の切手、エアメールのゴム印、〈検閲済／ＤＤＡ〉のシール、〈英国官用《OHMS》〉の印刷など）。恋人や銀行や会社や官公庁や領事館などからの手紙。エンボス紙、薄葉紙、レターヘッドが印刷された紙、帳面から破り取ったページ。出生証明書、婚姻証明書、死亡証明書。卒業証書、パスポート、人物調査書、認可状、免許状、投票用紙、招待状、乗車券、小切手、配給切符、チラシ、国際電報、メニュー、紙幣、プログラム、原稿、素描、写真、ラベル、新聞の切り抜き。切り抜きはほんの一瞬あらわれるだけ（中身を読む時間はほとんどない）、見出しも意味が不明瞭だ。たとえば
此冬の自殺手段はガスがトップ。ショーが戀文に諧謔味あふれる「ノー」。古代マヤ神

殿のヒエログリフが子供の遊び着の柄に。バスヴアイオリン奏者不在のフオルサム刑務所。原子爆彈が大量破壞の新時代を切拓く　市の全域壞滅後に黑い雨　犧牲者蒸發。主教が科學の進歩を神に感謝。

一つ、二つはおそらく段落が丸ごと

ホスゲンは極めて實用的かつ經濟的に速やかなる死を生ぜしむるガスである。マスタードガスの犧牲者は時に數箇月に及ぶ長期入院が必要となるが、ガスを浴びた直後に他部隊の恐怖心を誘發するやうな事態になることは稀である。然しながらホスゲンの場合、大量に浴びると、數時間の内に急死に至る……

落下の衝撃でぎつしり詰まつた石炭が崩れ、床中央の漏斗に向かつて下方に動きだした。同僚が助けを呼びに行くあひだシアリー氏は兩手で體を支へやうとしたが、第四救護班の警官が現場に到着した時點で既に頭と肩しか見えてゐなかつた。石炭殼入れの底板が外され、即製浮き箱としてシアリー氏の許に下ろされた。續いて繩が投げ落とされて流動する石炭の上に板が數枚敷かれると、第二十四梯子車隊のチヤールズ・クーチヤス消防司令が板を這ひ進んでシアリー氏に近付き皮下注射で藥劑を投與。續いて顕榮教会のW・J・フアリッカー師が同じ危険な道を辿りカトリック教會の終油の祕跡を施した。ファアリッカー神父が儀式を終へた途端に縄が切れ、シアリー氏は石炭に呑み込まれた……

デイリー・ミラー紙常連コラムニストのジミー・フイドラーと共に気儘に楽しむ市内散策……

やがて束なす紙葉がいっせいに舞い上がり、めまぐるしく宙を舞うそのさまはさながらアリスのトランプのよう。紙葉の嵐は凝り、遠のき、しゅるしゅると白く渦巻く雲の漏斗となり、竜巻と化し、のっぺりと虚ろな黒に近い原野を凄まじい速さで遠ざかり、そして、消える。歓びの眼の焦点がゆっくりぼやけるにつれて張り詰めた空気が緩み、灰色のおぼろな影がしばし揺蕩《たゆた》う。

旅のことも旅の手配をした人のことも覚えていません。行き先は教えてもらえませんでした。影の館の名前もわたしがそこに連れていかれる理由も教えてもらえませんでした。その場所にはどこか人を惑わす雰囲気がありました。雨の降る夜などは、そこが母の暮らした館に思えることもありました。雨が窓を打つとき、漁師が水面《みなも》に魚を呼ぶように、わたしは折に触れて黒いガラスのなかに母の顔を呼んだものです。するとどちらが自分の顔なのかわからなくなりました。

あるときは影の館はひどく静かで、用心深い静寂が扉という扉の前にうずくまっていました。またあるときは壁が素晴らしい音楽を、「その心臓と腱はリュートなり」と謳われるあの天使イズラフェルの歌にも紛う音楽を奏で、磁器の幽霊たちが狂った鳥も斯《か》くやといっせいにさえずりました。

どうかすると母の親しい友だった〈悲しみ〉と〈物憂さ〉が影に紛れてうろつくことも

ありました。そういうときは、わたしは急いで窓から外を覗いたものです。

　わたしの窓は魔法の鏡、映すものすべてにやさしい顔を与えました。その鏡のなかでは敵意と混沌さえもほほえみを浮かべました。窓越しに眺めると、あらゆるものが親しげで清らかで単純になりました。母親のように慈愛に満ちた空気のなか、白い空の子供たちが遊び場で輪になって踊る姿などは、一日中でも眺めていられたでしょう。夜にはわたし自身の母が、わたしに会いに窓にあらわれました。神秘と孤独を纏って……数多の星の輝きに包まれて……。母なるわたしの〈夜〉……わたしの、美しい、わたしのもの。わが家。

Bが連れていかれた館はずいぶん暗いが、これは外が夜だからではない。もちろん扉の外が夜のこともあるわけで、その場合はなるほど館のなかが暗いのもうなずける。ところが、不思議なことになかは夜も昼もほとんど違いがない。部屋べやはいつも薄明の暗さ、真昼でも夜明け前とまったく同じようにランプや蠟燭が灯されている。

この館について説明するのは途方もなく難しい。町なかにあるとか、家々の立ち並ぶ長い通りに面しているとか、そんなふうに語ることはできる。ただしこれだと、誤解を招くとまではいわないが、いささか不正確なイメージしか伝わらない。なにしろ、二階の幾つかの窓からは湖や小川や野原や森や村やその向こうの雄大な山並みといった田園地帯が綺麗に見えるのだ。館のなかのようすを描写するのもやはり容易ではない。古い建物にはよくあることだが、この館も何度も何度も改築し増築したあげく、形も大きさも時代もさまざまな部屋と部屋とが直接繋がっていたり、突拍子もない奇天烈な趣向でのぼりおりする階段やら廻廊《ギャラリー》やらで繋がっていたりする。たとえば塔の上の円形の部屋などは、行き当たりばったりに造られたのか、建築家がこれを建物のほかの部分に繋げる必要性を見落としていたらしく、後から取って付けたような歪んだ小階段が、何度そばを通っても気づきそうにない片隅にひっそりと隠れている。こうした酔狂な設計のせいで、館のなかで道を見つけるのは至難の業だ。それほどまでに野放図な形状の古い館であり、部屋数もあまりに多く、おまけにどの部屋も薄暗いため、すべての部屋に入ったと自信を持って断言するのはまず無理だといっていい。

B自身、廊下をさまよっているうちに見覚えのない扉にたどりついて驚くこともしょっちゅうだ。こういう事態は、それぞれの階の見取り図をやっと把握したと思ったころにとくに生じやすいきらいがある。

どうやら館の中心から遠い部分では、部屋の形や位置が変わるばかりか、部屋そのものがまるごと消える、あるいは遠くの廊下に新たな部屋が増えるといった按配に、絶えず改変が起きているようだ。いっぽうで玄関ホールやキッチンやダイニングルームや図書室や主寝室など、建物の主要部分はだいたいにおいて安定している。もちろん、こうした部屋でさえ多少の変化は避けられない。もっとも、それは些細なものであり、おもに家具や装飾や全体的な配置の変化に限られる。つまり、窓があったところに、ある日重々しいローブを纏った誰だか知らない昔の偉人の肖像画が出現したかと思うと、数時間後にはその絵がふたたび窓にもどっているのだが、今度は以前のような通りを見渡す窓ではなくて、高い塀を巡らして四隅にきちんと刈り込まれた低木が植えてある整然とした石畳の中庭に面している、という具合だ。

一見、これは無意味なエネルギーの浪費に思える。このような可変性について納得のいく説明はそうそう考えつかない。ただし、所有者が館の複雑怪奇な変容システムを受け入れるなら話は別だ。こういう曖昧模糊とした問題の場合は、因果関係を解明しようなどと思わず素直に状況を受け入れることこそが最善の方法だろう。解明できたとしてもどうせ理解できないのだから。

いずれにせよ、Bは現状について思い悩んだりしない。予測不能の変容がこうも頻発すると不快をおぼえる者もいそうだが、Bにとってはこれが館の大きな魅力の一つだ。目新しいものへの期待に弾む心が、扉をあけることを冒険に変える。

こんな大きな暗い館に独りぼっちなのをBのような少女はどう感じているのかと、疑問を抱く向きもあるかもしれない。この疑問に対しては何文字かで簡潔に答えることができる。すなわち、「気楽なわが家」だ。それに、Bは寂しいとも思っていない。遊び相手は館じゅうのさまざまな部屋にかかっているたくさんの鏡だ。この館ほど鏡がたくさんあるところはおそらくほかにないだろう。ありとあらゆるデザインのフレームに収まった鏡、鏡、鏡。応接間《サロン》の巨大な鏡には鷲がいて、広げた翼が薄明のなかで鈍い金に輝き、早くも堂々と宙を舞っているかに見える。小皿ぐらいの大きさしかない凸面鏡が、階段の折り返しにある窓とその向こうのブリューゲル風の極小の風景を、冷たい窪みに小宇宙さながら映し出している。縦長の大きな姿見が、道を尋ねようとする旅行者よろしく物問いたげに壁に寄りかかっている。アルコーブでも、廊下でも、階段の踊り場でも、群衆のなかでたまたま誰かと目が合うように、ふとした拍子に慎ましく奥ゆかしい鏡のきらめきが目を捉える。そして、どの鏡にもどの鏡にも、Bは最も親しい友である金髪の少女の姿を認めるのだ。

鏡の友がいないとしても、窓から外を眺めるだけで楽しみは山ほど手に入る。ときおり、日によってだったり部屋によってだったり、カーテンが閉まっていることもあって、そういうときに外を眺めるのはむろん賢明とはいえない。が、通常は景色を眺めてもなんの問題もない。その景色のなんと多様なことだろう。この館の窓からの眺めがこんなにも楽しいのはそれゆえだ。

たとえば、街はクリスマスシーズンかもしれない。ワイン色のベルベット・カーテンに守られた窓の下のゆったりした腰掛けにすわって眺めれば、綿毛のような雪が舞っている。頬を真っ赤にした子供たちが、夕闇のなか雪玉を投げ合いながら家へと駆けてゆく。皆イヤーマフに暖かそうなミトンに小さな丸い毛皮の帽子という格好で、どの子の動きもダンスのようだ。いかにも幸せそうなこういう姿を眺めるのは、なんと楽しいことか。

通りの突き当たりにある教会の尖塔で鐘舌《クラッパー》がせわしく動き、凍てつく空気のなか氷柱のように澄んだ鋭い音を響かせる。空はサファイアの深い青、雪は青白く燃えて、窓の明かりがつぎからつぎへと花開く。

通りの向かいの家はパーティの真っ最中だ。ドアノッカーの上には赤いサテンのリボンを結んだ柊の大きなリース。窓からは金の光がこぼれ、家のなかには豪華なクリスマスツリーとめかし込んだ招待客。ある部屋ではピアノとバイオリンの音楽に合わせて大人たちが踊っている。別の部屋では子供たちが花と蠟燭とおもちゃを飾ったテーブルに着いたところだ。男の子の顔も女の子の顔もほんとうに楽しそう！　華やいだ部屋はどれも穏やかなやさしい空気に満たされ、扉の外は美しく凍てつく夜。見ているだけで温かい安らかな気分になる。

あるいは、開け放った窓に掛かった優美なモスリンのカーテンが温かい微風に吹かれてやさしくはためいているかもしれない。流れ込む空気は薔薇とハニーサックルとクローバーの香り。男たちが一日じゅう畑で刈っていた瑞々しい青草のにおいもする。シャツを脱いで明るいブロンズ色の半身をさらした若い屈強な干し草作りの男たちが、リズミカルに鎌を振るって最後の一列を刈り取ってゆく。重たい干し草車が薄闇のなかガタゴトと家路をたどる。村から湧き上がる歌声と笑い声。色とりどりの前掛けをつけた女たちが夕食の支度にとりかかり、台所から鍋や食器のぶつかる音が楽しげに響く。果樹園では恋人たちが熟れた果物の下をそぞろ歩く。大天使のように厳かに穏やかに、暮れなずむ空を背に白い翼の山々が佇む。

そう——窓からはいつもなにかしら胸がときめくような素敵なものが見える。さらには、館そのものが興味と驚異の尽きせぬ泉だ。図書室一つとっても、一生かけても探索しきれないかもしれない。絵画、時計、タペストリーの類《たぐい》はいうに及ばず、どの部屋も珍しいものがあふれんばかりだ。屋根裏いっぱいのトランク、その一つ一つに詰め込まれた夢のように素晴らしい宝物……何世紀もかけていろいろな土地で集めた磁器に銀器、絹に水晶、象牙に翡翠……クローゼットにしまい込まれた衣類……キッチンの調理器具、変わったスパイスやハーブやコーディアルやジャムを詰めたキャニスター……貯蔵室の床に並ぶ骨壺めいた形の広口の石の壺……。

世界中の神秘が無尽蔵に収められているうえに、ユニークで複雑で比類ない個性を備えたこの館の魅力を、ほんのわずかでも伝えるのはおよそ不可能だ。試しに描写しようとしても思い惑うだけだろう。これほどの豊かな富を前にすれば頭も混乱するというものだ。どこから始めてどこで終えればよいかもわからなくなる。

ともあれ、どこかで線を引くしかない。そういうわけで、最後にこれだけいっておけば充分ではないかと思う——確かな目を持つ人間ならば、一度このような館に居を定めたら最後、自ら出てゆくことはしないだろうし、以後はほかのどんな住まいも受け入れられなくなるだろう、と。

訳者あとがき

ぬばたまの闇に広がる美しく歪《いびつ》な世界——。アンナ・カヴァンの『眠りの館』は、そんな世界に耽溺させてくれる長篇小説だ。いや、著者の意を汲んで、連作短篇集と呼ぶのがふさわしいかもしれない。カヴァンは本書を、一作目にして代表作の一つでもある『アサイラム・ピース』と対をなす作品と捉えていた。

「はじめに」にあるとおり、本書は、少女の「わたし」が孤独や不安に向き合いながら成長していく過程を、転機となる出来事を手掛かりにして綴った物語だ。著者の現実の体験——異国のハウスボーイと過ごした幸福な幼年時代、空想の世界に引きこもりがちだった孤独な学校生活、社交好きで身勝手な母親や自殺した父親との複雑な関係などが透けて見えるという点で、自伝的色合いが濃い。

といっても、いわゆる自伝小説とはいいがたい。著者の小説には、最初期にヘレン・ファーガソン名義で書かれた六作品も含めて、実体験を作家の目というフィルターを通して再構築したものが幾つもある。だが、アンナ・カヴァンとして生まれ変わってからの四作目にあたる『眠りの館』は、それらのどの作品よりも実験的だ。イメージの断片を連ねて構築され、わかりやすいストーリーは存在しない。アナイス・ニンの『近親相姦の家』と双璧をなす、シュルレアリスムの流れを汲む幻視の文学とでも形容すればいいだろうか。読者の前に繰り広げられるのは、他者と馴染めない孤独な少女が逃げ込んだ、ときに甘く滑稽、ときに残酷で醜い、グロテスクな夢の世界だ。

そういう夢の世界を描く言葉を、カヴァンは「the night-time language」と名付けた。この原語を「夜の言葉」と訳しながら訳者が思い浮かべていたのは、アーシュラ・K・ル＝グウィンのファンタジーとSFについての評論集、『夜の言葉』だ。ル＝グウィンの「夜の言葉」の原語は「the language of the night」。現代ファンタジーの定義を語る文脈で、「無意識世界の知覚や直観」を「言語領域のイメージと論理的な叙述形式に翻訳」するための言葉という主旨で用いられている。いっぽうカヴァンの場合は、無意識世界のイメージを翻訳せずに書き写すための言葉という意味になるかと思う。不条理なものを不条理なまま伝える言葉といい換えてもいい。安部公房が随筆「笑う月」で記している、「覚醒時の言葉（因果関係）に飜訳することで、夢の夢らしさも風化してしまう」という感覚が近いかもしれない。いずれにせよ、カヴァンの夜の言葉とそれが織り成す世界は、混沌のなかに謎めいた象徴が氾濫しており、何度も読み返させる魔力に満ちている。

とはいえ、これが最初からスムーズに読書界に受け入れられたとはいいがたい。ここからしばらくは、デイヴィッド・カラードの評伝 *The Case of Anna Kavan: A Biography* とヴィクトリア・ウォーカーの論文 *The Fiction of Anna Kavan* (*1901-1968*) に沿って、本書に対する評価の変遷をたどってみたい。

『眠りの館』が発表されたのは一九四七年。『アサイラム・ピース』に前作『われはラザロ』からの抜粋を加えた合本の好評を承けて、まずアメリカで出版された。ところが、夜の言葉の世界は常軌を逸した精神の記録と誤解され、「読むに堪えない」と酷評される。一年後、英国版が出版されたときには、あろうことか「ファシスト的」と批判された。カラードによると、これを知ったカヴァンは友人への手紙で、つぎのように胸の内を吐露している。「普段なら書評家の言葉など気にかけません……とはいえ、この作品に対する反応は、やはりどうしようもなくつらい。生まれて初めて書くことができなくなり、もう作家としてのキャリアは終わりなのではないかとも思えます……何年ものあいだ、私はレゾンデートルとして仕事に頼ってきましたが、今はそれも無駄だったような気がしてなりません……ものを書く道では成功者になれないと、今さらのように思い知らされたのですから」作品は商業的にも振るわず、カヴァンは表舞台から姿を消す。出版の当てもなく書きつづけ、「幸福という名前」を雑誌に発表して復活を遂げるのは、一九五四年のことだ。

確かに、『眠りの館』は成功したとはいえないかもしれない。しかしウォーカーは、カヴァンの小説のなかでは最も書評家の興味を惹いた作品だと指摘する。その指摘どおり、やがて肯定的な論評が登場し、本書はさまざまに分析されながら読み継がれていくことになる。きっかけを作ったのは、刊行から二十年あまりたった一九六八年にアナイス・ニンが上梓した文芸評論、『未来の小説』だ。カヴァンに心酔していたアナイス・ニンは、同書で『アサイラム・ピース』と『眠りの館』に言及、「目覚めた夢想家」としてのカヴァンを称賛した。これを機にカヴァン作品の評価は急上昇し、本書については、「傑作ともいうべき思弁的想像力」「ダリかキリコの絵を思わせる緻密さ」といった新たな評価があらわれる。『眠りの館』の魅力は音楽界にも届き、一九八〇年代にはオルタナティブロックバンド Uzi やネオフォークバンド Current 93 がこれにインスパイアされたアルバムを制作。一九九〇年代にはフェミニスト的文脈から、「徹底した〝女性的〟美学」に貫かれ、カヴァン作品のうちでも非常にフェミニスト色が濃いとする評価も生まれた。

興味深いのは、カヴァンのドラッグユーザーとしての側面に注目して『眠りの館』を読み解く流れだろう。カヴァンの友人が立ち上げた出版社、ピーター・オーウェンが二〇〇二年に本書を復刊したときのリーフレットでは、トマス・ド・クインシー、ウィルキー・コリンズ、サミュエル・テイラー・コールリッジの系譜に連なる作家として解釈する、この流れの嚆矢ともいうべき七〇年代初頭の論評が紹介されている。二〇〇〇年代には、ウィリアム・バロウズと比較する分析や、現代のドラッグユーザーとの接しかたのヒントが隠されているとする分析もあらわれた。

実は、カヴァンの成人後の実人生はヘロインと切り離せない。少女期の孤独と不安から逃れられず、不幸な結婚と出産を経て精神的に不安定になったカヴァンは、「世界を締め出す」ために一九二〇年代後半からヘロインを常用しはじめる。当時は「ささやかな悪徳」として上流階級にドラッグカルチャーが広まりつつあり、英国ではヘロインもまだ違法ではなかった。その後のカヴァンは、新たな恋愛と破局を経験しながらますますヘロインに溺れていく。精神状態は悪化の一途をたどり、自殺未遂を繰り返した。一九四〇年代半ば、第二次世界大戦に従軍した息子が戦死。カヴァンはふたたび自殺を試みるが、このとき入院した病院で出会った一人のドイツ人精神科医が運命を変える。医師の名はカール・T・ブルート。この人物を、カヴァンは「一個人として、人間として、わたしに価値があると感じさせてくれた唯一の人」として慕うようになる。こうしてカヴァンはブルートを主治医に迎え、ヘロイン常用者として国務省に登録して、法的許容量のヘロイン投与による鬱治療を受けはじめた。

両者の親交は二十年あまりつづく。その間に共作の *The Horse's Tale*（一九四九年）を発表しており、二人が文学的にも深く共鳴し合っていたことは疑いを容れない。さらに、『眠りの館』の誕生にも、この主治医の存在が大きく関わっている。以前からノヴァーリス、ブレヒト、ハイデッガーなどとも交流があったブルートは、カヴァンと出会った直後の一九四五年、哲学者シェリングとドイツ・ロマン主義をめぐるエッセイを執筆。そのなかで展開したのが、「阿片は自然そのもの……それは夜であり、シェリングの孤独な流浪の魂がもどろうとする無意識という母胎であった」とする考察だった。エッセイには、「夢の世界に由来するものだけが唯一にして真の知恵」「神話、夢、音楽は無意識世界を記述するシンボル」といったフレーズも見える。ウォーカーが指摘するように、『眠りの館』にはこの考察がほぼそのまま反映されていると考えてよさそうだ。

だが、どれほど他者の思考に共鳴し、どれほどヘロインの見せる幻覚に囚われていたにせよ、それらを『眠りの館』という作品として生み出す作業は、〝作家アンナ・カヴァン〟にしかできなかったと思う。それは精神世界の混沌からイメージを抽出して、唯一無二の精選された言葉に写し取り、緻密に、繊細に、奔放に組み立てるという、壮絶で勇気ある試みにほかならない。そうやって抽出されたさまざまなイメージは、ほかの作品――たとえば「夜に」や「鳥」、「受胎告知」や「幸福という名前」、「未来は輝く」や『氷』などにも見て取ることができる。訳者には、『眠りの館』こそがカヴァン世界のハブとなる位置を占めているように思える。

ともあれ、一冊の本に多様な解釈が存在するのは、その本に人を惹きつける力があるからだ。それを裏付けるように、本書はこれまで版元を変えながら出版されつづけ、現在は入手しやすい電子書籍版も流通している。書誌的なことをもう少し詳細に付け加えれば、『眠りの館』の初版が一九四七年にアメリカでダブルデイから刊行されたときの原題は *The House of Sleep*、翌年カッセルから英国版が刊行された時点で *Sleep Has His House* と改題され、内容にもいくらか手が加えられた。改題は版元の事情だったようで、著者自身にこだわりはなかったらしい。現在までに再刊されたものは題名、内容共にすべてカッセル版に準じており、本書の翻訳に際してもこれを底本にした。

ここで作中の引用部分を中心に幾つか補足情報をまとめておく。

＊エピグラフ

十四世紀に活躍した英国の詩人ジョン・ガワーの代表作である『恋する男の告解』の一節、「セイクスとアルシオネ」からの引用。カヴァンは、友人から贈られたアンソロジーで偶然これを読んで気に入り、本書の題名とエピグラフに採用した。

＊二〇頁「袖口から裾まで……幾重にも重ねた」

英国の東洋学者アーサー・ウェイリーが英訳、一九二五〜三三年にかけて出版した、紫式部の『源氏物語』からの引用。詩的で美しい英訳版はヴァージニア・ウルフなどから高く評価されて、ベストセラーになった。ここからさらにイタリア語、ドイツ語、フランス語等に翻訳され、日本語訳も現在二社から刊行されている。

＊一〇二頁　「眞理とは何《なん》ぞ」

「ヨハネ傳福音書」第一八章三八節で、ピラトがイエスに問うた言葉。

＊一四八頁　『卒業舞踏会』

コミカルバレエの傑作。第二次世界大戦中の一九四〇年、ディアギレフのバレエ団の流れを汲むバレエ・リュス・ド・モンテカルロがオーストラリアで初演し、以後、同団の代表的演目となった。音楽はヨハン・シュトラウス二世の曲を素材にして、このバレエ団の指揮者だったアンタル・ドラティが書いた。

＊一四八頁　「えもいわれぬ香気と豊かに爆ぜる響き」

イングランド各地の怪異譚をまとめて一六九六年に出版された *Miscellanies*（「雑録集」の意）からの引用。著者は作家、好古家にして、ストーンヘンジを初めて丹念に調査した人物として知られるジョン・オーブリー。

＊二四五頁　「その心臓と腱はリュートなり」

エドガー・アラン・ポオの一八三一年の詩、「イズラフェル」の一部。冒頭にジョージ・セイルの英訳版『クルアーン』の一節が掲げられ、この部分だけがそこから抜き出されて詩の一連目に組み込まれている。

こうして眺めてみると、物語がスタートする一九〇〇年代初頭——つまり、一九〇一年生まれのカヴァンが実際に幼年期を過ごしたころから、本書が書かれた一九四〇年代後半までに、富裕層に属する一人の女性がどのような文化に親しんだかが窺えて興味深い。無意識世界の描写を通して、その舞台裏ともいうべきかつての現実世界の姿を透かし見るのは、八十年近くたった現在あらためて本書を読む醍醐味の一つかもしれない。

そういう意味で注目に値するのが、第二次世界大戦を想起させる記述だ。散見する惨禍のビジョンは、ピカソの『ゲルニカ』や岡本太郎の『明日の神話』をそのまま文字にしたような凄絶さで胸を抉る。今この瞬間も、戦争、災害、差別、飢餓、病、身近な人の死と、現実世界を蹂躙する恐怖を数え上げれば切りがない。生きつづけるには、「わたし」を失わずにいるには、カヴァンのように、安らぎを得られる場所をどこかに見つけるしかないのかもしれない。恐怖と戦う力をふたたび手にするためにも。

長々と書き連ねてきたが、「はじめに」で著者自身が明言するとおり、『眠りの館』に翻訳や解釈は必要ない。それらはいったん脇に置き、ためらうことなくカヴァンの夢に飛び込んで、精緻な言葉が構築する豊かなイメージの波に身を委ねていただければ嬉しく思う。読み返すたびに新たな発見と出会えるはずだ。

最後に、この希有な作品と巡り合わせてくださった文遊社の久山めぐみ氏に、心から感謝したい。

二〇二四年一月

安野玲

本書の翻訳並びに本稿の執筆にあたって引用、参照した主な著作はつぎのとおりです。ここに記して御礼申し上げます。

アーシュラ・K・ル＝グイン『夜の言葉』スーザン・ウッド編、山田和子他訳、サンリオSF文庫、一九八五年（引用部分はスーザン・ウッド「イントロダクション」山田和子訳）
安部公房『笑う月』新潮文庫、一九八四年（引用部分は「笑う月」）
アナイス・ニン『未来の小説』柄谷真佐子訳、晶文選書、一九七〇年
ジョン・ガワー『恋する男の告解』伊藤正義訳、篠崎書林、一九八〇年
紫式部『源氏物語　A・ウェイリー版』（全四巻）毬矢まりえ・森山恵訳、左右社、二〇一七〜一九年
『舊新約聖書　文語訳』日本聖書協会、一九九七年
ジョン・オーブリー『名士小伝』橋口稔・小池銈訳、冨山房百科文庫、一九七九年
エドガー・アラン・ポオ『ポオ 詩と詩論』福永武彦他訳、創元推理文庫、一九七九年
エドガー・アラン・ポー『対訳ポー詩集 アメリカ詩人選（1）』加島祥造編、岩波文庫、一九九七年
Callard, David. *The Case of Anna Kavan: A Biography.* Peter Owen, 1992.
Walker, Victoria Carborne. *The Fiction of Anna Kavan (1901-1968).* Queen Mary, University of London, 2012.

訳者略歴

安野 玲

1963年生まれ。お茶の水女子大学卒業。主な訳書はジェイムズ・ブランチ・キャベル『土のひとがた』(国書刊行会)、スティーヴン・キング『死の舞踏』(筑摩書房)、中村融編『星、はるか遠く 宇宙探査SF傑作選』(共訳、東京創元社)、バルビニ&ヴァルソ編『ノヴァ・ヘラス』(共訳、竹書房)など。

眠りの館

2024年2月29日初版第一刷発行

著者 : アンナ・カヴァン

訳者 : 安野 玲

発行所 : 株式会社文遊社

東京都文京区本郷 4-9-1-402 〒113-0033

TEL: 03-3815-7740 FAX: 03-3815-8716

郵便振替 : 00170-6-173020

書容設計 : 羽良多平吉 heiQuicci HARATA @ EDiX with ehongoLAB.

本文基本使用書体 : 本明朝新がな Pr5N-BOOK

印刷・製本 : 中央精版印刷株式会社

Sleep Has His House by Anna Kavan

Originally published by Cassell & Company, 1948

ISBN 978-4-89257-140-4